W0464260

# kurt

ein buch aus ottakring

Alle Rechte vorbehalten. Das Werk darf - auch teilweise -
nur mit Genehmigung des Verlages wiedergegeben werden.

Eigentümer, Medieninhaber und Verleger: Melchior Müller Medien e.U.,
Hillebrandgasse 18/4/1, 3400 Klosterneuburg
Autor: Franz Marksteiner
Lektorat: MA BA BSC Alexander Wöran
Cover und grafische Gestaltung: Tanja Van Lonsperch, Graz
Fotos Innenteil: Franz Marksteiner
Coverfoto: pixabay.com
Copyright 2017 by Melchior Müller Medien e.U.
ISBN 978-3-9504439-6-7
Druck: PROPRINT.AT Druck- und Vermittlungs GmbH, Graz

**für elisabeth**

der autor dankt marie und joseph und dankt melchior müller.
der kurt dankt dem horst simmerer.

# *1*

das ist das auto vom kurt. der kurt fährt nicht viel herum, das ist nicht seins. der kurt ist am liebsten z'haus, weil ehrlich? da geht ihm nichts ab. im frühjahr vielleicht, dass er einen ausflug macht, nach stockerau oder in die bucklige welt. das ist ein schönes fleckchen erde.

## 2

da, wo jetzt nix steht, in der speckbachergasse, war das radl vom binder edi angebunden. bei dem hat sich schon einer den sattel und das vorderrad ausgeborgt gehabt. jetzt hat noch einer anscheinend den rest brauchen können. der binder edi, ein freund vom kurt, als kleiner ein sorgenkind, als junger eine wurz'n und als großer ein problembär, ist zurzeit in der stammzellenforschung, also zum dritten mal im landl und immer in der gleichen zelle. er hat nämlich eine putzerei überfallen. eine bank war ihm zu riskant wegen die kameras und die post zu stressig wegen die vielen leute dauernd. es war die putzerei, in der die frau silvia arbeitet. alles hat er bestens geplant, der edi. als erstes hat er ausspioniert, um welche tageszeit die frau silvia meistens allein in der putzerei ist. dann hat er sich vierzehn tage lang nicht rasiert. dann hat er sich eine spiegelbrille und so ein rotes schirmkapperl, wie aus die amerikanischen serien, besorgt und eine schreckschusspistole. er war auch wirklich nicht zum erkennen der edi, aber – fehler – das karierte sakko. auf das karierte sakko nämlich hat ihm einmal eine nächtliche eroberung, die dem roten wein im übermaß zugesprochen hat, damit der edi fesch wird, draufgespieben, und rotweinflecken – halleluja! für die frau silvia aber rotweinflecken direkt eine sportliche herausforderung. die frau silvia spielt nämlich ganz oben in der putzereiliga. außerdem hält sie sich immer korrekt an die wäscherinnen-schweigepflicht. zu der kannst du mit jeder gattung von fleck kommen, und sie wird kein sterbenswort darüber verlieren. für das sakko vom edi hätte sie eigentlich eine spezialreinigung verrechnen müssen. die frau silvia aber, nicht nur ein großes können in ihrem fach, sondern auch ein großes herz in ihrer brust, hat kulanterweise darauf verzichtet. heute täte sie das für den edi selbstverständlich nicht mehr. „wenn mir der noch einmal bei der tür hereinkommt", sagt sie, „dann zünd ich ihm eine, dass er durch sonn und mond fliegt und ihm die stern am arsch pickenbleiben." sie hat sich ja das sakko gemerkt gehabt und drum gleich gewusst, dass der räuber der edi ist, hat ihm die 385 euro aus der kassa gegeben, ihn gefragt, ob er die münzen auch braucht, aber nein, die wollte der edi nicht, und am schluss hat sie die polizei angerufen und gesagt, wo der edi wohnt. die waren dann schon vor dem edi bei ihm daheim. der kurt hat sich für die zeit, in der der edi im landl sitzt, dann sein radl ausgeborgt, und es ist ihm furchtbar peinlich gewesen, dass es weg war, obwohl er es eh angebunden gehabt hat. also besucht er den edi im landl und bringt ihm eine stange marlboro mit. 30 minuten besuchszeit. in der minute 26 ist der kurt dann herausgekommen mit der wahrheit und hat dem edi mitgeteilt, dass er jetzt kein radlbesitzer mehr ist. der edi hat aber ganz gelassen reagiert: „mach dir nix draus kurtl, du kannst nix dafür. es ist traurig, aber die welt ist voller verbrecher."

# 3

typisch kurt, immer schimpft er, dass ihm die umweltverschmutzung wurscht ist, weil er lasst sich nicht pflanzen von die globalen, und das ganze klima sowieso ein schmäh, sagt er. fast wie der trump in amerika drüben redet er daher. aber dann: mülltrennung 1a! im grunde ist er ein lieber mensch, er zeigt‘s nur nicht so.

# 4

die roswitha ist dem kurt davon. sie kann nimmer hören, sagt sie, wie er ihr schon wieder verspricht, dass er ein ganz neuer mensch wird. der kurt ist ganz fertig, weil er hängt ja an ihr. aber man muss der roswitha auch recht geben. der kurt bemüht sich zwar, sagt er zumindest, und macht dann trotzdem einen blödsinn nach dem anderen. aber naja, manchmal wird der mensch halt schwach und so mancher meistens immer.

# 5

der kurt redet jetzt öfter mit seinem essen, seit die roswitha nicht mehr da ist. früher hat ja die roswitha mehr geredet und er nicht so viel. das hat sie ihm auch oft vorgeworfen, dass er so schweigsam ist. aber gestern zum beispiel fragt der kurt seine käsekrainer: „weißt du, warum die roswitha fortgegangen ist von mir?“ „wie soll ich das wissen?“, hat die käsekrainer geantwortet. „ich bin eine wurst und kein love coach.“ „hast du auch wieder recht“, sagt der kurt und beißt hinein in die käsekrainer. dabei hat er sich die zunge verbrannt, weshalb ihm ein unschönes wort herausgerutscht ist. aber der käsekrainer war das egal. die war schlimmeres gewohnt.

# 6

manchmal geht der kurt bei rot über die straße. das hat er sich angefangen als er so 14 war. er wollte auch immer was cooles machen und zigaretten hat er sich nicht leisten können, also halt bei rot über die straße. die regina aus seiner klasse damals hätte das nie gemacht. die war aus gutem hause. sie hat immer den kopf geschüttelt, aber insgeheim hat sie sich gedacht: „das ist schon ganz schön blöd vom kurt, aber ein bisserl cool ist es auch.“ und letzthin am sonntag vormittag sieht der kurt, dass die ampel rot ist und links und rechts kein auto und schon bei rot drüber und dabei hat er an die regina gedacht. allerdings nicht lange, weil plötzlich ein polizeiauto neben ihm. wo die auf einmal hergekommen sind, weiß er bis heute nicht. die langsam das fenster hinunter und der inspektor fragt den kurt aus dem auto heraus, ob er es leicht so eilig hat, dass er verbotenerweise bei rot die straße überqueren muss. und was macht der kurt? der fragt den inspektor, ob ihm leicht fad ist. aber das tut man nicht. man fragt einen inspektor nicht, ob ihm fad ist, auch wenn nirgends ein verkehr ist und weit und breit kein verbrecher zum fangen. das hätte der kurt wissen können. die 200 euro gehen ihm jetzt schon ab.

# 7

der kurt war gestern wieder einmal in „charly‘s café“. das ist die tschumsn vom branko. freilich war da noch nie ein charly drin, also nicht, dass der kurt wüsste, aber den branko kennt er seit ewigen zeiten. der kurt kommt ja hauptsächlich wegen der jukebox. für die kann man sich beim branko für einen euro zehn ein-schilling-münzen holen. das macht der kurt und drückt E5 und dann kommt „es geht eine träne auf reisen“ vom adamo. der kurt kann die jukebox auch reparieren, wenn sie hängen bleibt. das kommt vor. aber er weiß, wo man draufpracken muss und sie spielt weiter. in letzter zeit kommen immer öfter studenten in „charly‘s café“. einmal hat sich der kurt dazugesetzt und gefragt, was so junge leute hier machen. da haben sie gesagt, sie finden es super, weil alles so retro ist. „aha“, hat sich der kurt gedacht, „ranzig heißt jetzt retro.“ weil er selber hätte beim branko ja nicht einmal den hawaii-toast gegessen, den die studenten immer bestellen, weil retro und alles. auch das kopfweh-bier vom fass lässt er lieber den studenten. aber gesagt hat er nix, weil er will ja dem branko das geschäft nicht vertun. jedenfalls beim branko immer nur wieselburger aus der flasche für den kurt zum adamo aus der jukebox. „glaubst bin ich retro?“, hat er dann gestern spätnachts noch den branko gefragt. „nein“, hat der branko gemeint, „du bist nur ein trottel. magst einen schnaps?“ zum schnaps hat der kurt nicht nein gesagt.

## 8

letzthin vorm billa ist der zorro den kurt angesprungen. der zorro ist so eine spitzpekinesenmischung, gut für nix, aber lieb zum anschauen, und gehört der margit von überm gang. von daher hat der zorro den kurt ja gekannt. und warum der kurt zum billa? weil ihn auf dem heimweg so ein heißhunger auf einen gabelbissen mit schinken und einer eischeibe unterm gelee überfallen hat. der kurt also krault den zorro hinter den ohren, schon steht die margit neben ihm und kommt ins plaudern. sie hat das nämlich gehört von der roswitha und versteht ihn urgut. dem kurt war das eigentlich eher unangenehm, darum hat er auch den kopf hängen lassen und nur auf die knie von der margit geschaut. dort war ihre jeanshose so kunstvoll kaputt. während die margit ihm also erzählt, wie er sich fühlt, denkt sich der kurt, dass ihm das auch einmal einer erklären muss, warum man heutzutage für zerrissene hosen ein geld ausgibt. am schluss fragt ihn die margit aber, ob er ihr nicht beim fernseher helfen könnte, weil sie hat irrtümlich die sender verstellt. dass die margit und er die gleichen fernseher haben, weiß er, weil er mit der roswitha einmal auf besuch bei ihr war. „untersteh dich!", hat ihm die roswitha damals zugezischt, als er heimlich gefragt hat, ob es was ausmachen würde, wenn er sich ein bier aus seiner wohnung holt. die margit hat ja nur prosecco gehabt. also verspricht der kurt, dass er in einer halben stunde nach dem billa bei der margit vorbeischaut. daheim hat er dann die gebrauchsanweisung vom fernseher herausgesucht und dreimal bei der margit geläutet. freilich hat er sich gewundert, als die margit in einem kleid aufmacht und einen lippenstift auch frisch aufgetragen. „so hat jeder seinen eigenen begriff von bequemlichkeit", denkt sich der kurt und drückt ihr die gebrauchsanweisung in die hand. auf die frage, ob er nicht reinkommen möchte, sagt der kurt, er will nicht stören, in wirklichkeit waren seine gedanken aber schon ganz beim gabelbissen. die margit hat ihre tür sehr laut zugemacht, da ist er direkt ein bissl zusammengezuckt.

Ich darf
nicht
hinein!

# 9

jetzt kann ja keiner behaupten, dass der kurt keine probleme hat, ganz im gegenteil. das kommt erstens davon, weil er ein mann ist, und zweitens davon, weil er ein depp ist. es gibt tage, an denen möchte keiner, der den kurt kennt, der kurt sein. und dann gibt es tage, da möchte nicht einmal der kurt selber der kurt sein. aber sich selber kommt man halt schwer aus. heute aber regelrecht umgekehrt, weil heute hat sich der kurt einen kebap gekauft. dabei hat er mit der bestellung so lange gewartet vor dem kebapfenster beim denis-lokal, bis ihn die leyla bedient hat. das kann er jetzt schon, ohne dass er komisch auffällt, wenn er am eck von einem fuß auf den andern steigt und so tut, als müsste er auf seinem handy was mörderwichtiges erledigen, weil sonst die welt untergeht. aber immer das fenster im aug und wer grad herunterschneidet, und wenn die leyla drankommt, ist die wichtige handykonferenz vom kurt auf einmal vorbei. nicht, dass er viel sagt, der kurt, außer: „einen kebap mit alles und scharf bitte", aber wenn die leyla bedient, kriegt er von ihr immer ein lächeln, das dem kurt ein geigenorchester in den kopf zaubert und das er ganz vorsichtig in sein herz einwickelt, wie in eine alufolie, und fest in der brust verstaut, also das lächeln, nicht das geigenorchester. und es hält jetzt vielleicht sogar bis in den frühling hinein.

## *10*

das schönste für den kurt ist, dass, wenn es jetzt bald warm wird draußen, die eisgeschäfte wieder aufsperren. birne helene, pfirsich melba, coup dänemark, heiße liebe, das vermisst der kurt im winter wie nicht gescheit. am absolut liebsten aber hat er einen amarenabecher, den mit den schnapskirschen oben drauf. überhaupt, kirschen und der kurt: eine lebenslange leidenschaft. mit kirschen hat er ja auch das herz von der roswitha erobert, damals im gastgarten vom „schutzhaus zukunft", wo er sie auf einen weißen spritzer eingeladen hat. da hat er sich vorher schon was überlegt gehabt, und das war gar nicht dumm vom kurt. er hat sich nämlich auf youtube, oder jutup, wie der kurt sagt, das lied von den kirschen ohne kern herausgesucht und 37 mal angehört. das gleiche lied nämlich, wo auch der wald voller christbäume vorkommt, und dass es immer mai ist, wo sie hinausschaut. und ehrlich? da kann einer lang suchen auf der welt und im internet und wird kein schöneres werk über unerfüllte liebe finden. also der kurt das auswendig gelernt und der roswitha ins ohr gesungen, leise halt und mehr so sprechgesang. aber bis zum mai ist er gar nicht gekommen, da hat ihn die roswitha schon geküsst und gesagt, dass noch nie einer für sie ein ganzes chanson auswendig gelernt hat und so ein schönes noch dazu. vielleicht sollte man erwähnen, dass die roswitha bis zum kurt eher wenig männer aus romantik city gekannt hat, sondern mehr so burschen aus den emotionalen randbezirken von kaltherzenburg. der kurt jedenfalls weit überm siebten himmel oben. in der trennungsphase später, oder besser, als der kurt überrissen hat, jetzt trennungsphase, hat er es noch einmal probiert, aber da hat es nicht mehr so gut funktioniert. da hat die roswitha mit tränen in den augen gesagt: „wenn du so romantisch tust, schaust du noch dreimal blöder aus als sonst." aber wegen der tränen in ihren augen, denkt sich der kurt bis heute: „vielleicht hat sie mich doch geliebt."

## *11*

neulich war der kurt beim zahnarzt, weil er sich am vortag eine plombe ausgebissen hat. so ein kornspitz ist ja von haus aus schon kein weichgebäck, aber nach einer nacht auf der kuchlkredenz vom kurt hat er dann praktisch wurfgeschossqualitäten. der kurt aber denkt sich: „geht schon noch", und zack, eine plombe weniger. im zahnarztwartezimmer hat der kurt in einer illustrierten geblättert und ist ausgerechnet dort hängen geblieben, wo die immer über körper und psyche schreiben. diesmal ist es darum gegangen, dass jeder mann auch seine weibliche seite hat, und angeblich glücklicher wird, wenn er sich damit auseinandersetzt. zufällig ist der kurt erst unlängst mit dem simmerer horst zusammengesessen, der ganz ähnlich wie in dem artikel dahergeredet hat, der, mit der weiblichen seite. „kurtl", hat der horst gesagt, „du musst über deine gefühle reden, sonst kriegst du mir noch ein magengeschwür." vielleicht war er deshalb grad an diesem tag so empfänglich für die idee. dann ist er drangekommen beim zahnarzt. jetzt gibt es sowieso bessere gelegenheiten, seine männlichkeit zu beweisen, als wenn man grad einen bohrer im zahn hat, außer vielleicht man ist der chuck norris. dabei der doktor, ganz freundlich, sagt zum kurt noch: „heben's die hand, wenn es weh tut." als der kurt aber dauernd die hand oben hat, der doktor dann schon leicht genervt: „hineinzaubern kann ich sie nicht, die füllung. hingreifen muss ich schon." nach der tortur, draußen auf der straße, schaut sich der kurt sein spiegelbild in einem auslagenfenster an. viel weibliches hat er nicht entdecken können. trotzdem denkt er sich: „heute ruf ich noch den horsti an und frag, ob er mit mir statt auf ein bier auf einen aperol spritz geht." man könnte sagen, es ist ein anfang.

## 12

„ruf mich an!“, stöhnt die roswitha dem kurt ins ohr, in einer tour: „ruf mich an!“, und dann sagt sie ihm aber immer eine falsche telefonnummer, und der kurt macht sich sorgen, weil sie sich so komisch aufgeregt anhört, vielleicht ist ihr ja was passiert. als er aufwacht, bemerkt er aber, dass das gar nicht die roswitha war, sondern eine von den damen, die nach mitternacht im fernsehen auftreten und ersuchen, dass man sie telefonisch kontaktiert, vielleicht weil sie grad lust auf ein gepflegtes gespräch über gott und die welt haben, oder weiß der teufel warum. der kurt dreht den fernseher ab und geht ins bett. jetzt ist es aber so, dass das stete glimmen der sehnsucht im kurt nach der roswitha durch diesen grausamen traum zum flächenbrand geworden ist. und deshalb macht der kurt einen fehler. einen großen fehler. den fehler nummer eins aus dem internationalen liebeskummerlexikon. er ruft die roswitha an. die hebt ab nach fünf mal läuten und fragt den kurt, ob er weiß, wie spät es ist. das hat er in der sekunde nicht beantworten können, weil er hat sich lediglich erinnert, dass die vom mentalist den mörder noch nicht gehabt haben, dann nix, dann telefondamen. dass vorher beim billa das sechsertragerl ottakringer in aktion gewesen ist, war der situation auch nicht gerade zuträglich gewesen. also fragt der kurt die roswitha aus einer verlegenheit heraus, ob sie einmal auf einen kaffee mit ihm geht. die roswitha aber gegenfrage, was er sich eigentlich einbildet. auch darüber hätte der kurt jetzt kurz nachdenken müssen. aber die roswitha eh schon aufgelegt. „ich muss ihre nummer aus meinem handy weglöschen!“, denkt sich der kurt und hat schon den finger auf der löschtaste. aber das hat auch bis morgen zeit, hat er dann beschlossen.

# *13*

der kurt hält sich zwar manchmal für einen teufelskerl, aber ein putzteufel wird in diesem leben nicht mehr aus ihm. im nächsten vielleicht putzteufel, als lehre, oder aber küchenschabe, als strafe, man weiß es ja nicht. aber neulich ist dem kurt aufgefallen, dass es jetzt draußen vor der tür immer heller ist, als in seiner wohnung, grund dafür eindeutig: die fenster. „na, dann holen wir uns halt den frühling herein", beschließt der kurt und bricht auf zum bipa, weil er einen glasreiniger braucht. es glaubt ja kein normaler mensch, wie viele verschiedene glasreiniger es gibt auf der welt und die hälfte davon beim bipa. also steht der kurt vorm regal und überlegt, als er dabei von einer ihm ungern bekannten brüllstimme unterbrochen wird: „na kurtl, sind dir die tampons ausgegangen?" „nein, bitte nicht der rocco!", fleht der kurt innerlich den lieben gott an und verdreht die augen, dass man schon das weiße sieht. hinter ihm steht der rocco, eigentlich zwerina robert, aber rocco halt seit der unterstufe, wo ihn der kurt seinerzeit unfreiwillig kennengelernt hat. und schon klescht der rocco dem kurt auf den rücken, dass dieser sich an einem glasreiniger festhalten muss. wenigstens war damit eine wahl getroffen. „ich bin wegen dem achselspray hier, als mann von welt schaut man ja auf sich", brüllt der rocco und wedelt stolz mit einer axe-dose herum. der kurt macht sich schnurstracks auf den weg zur kassa, zahlt und – weil er zu einer frau nicht nein sagen kann – nimmt er auch ein sackerl. der rocco ihm dicht auf den fersen. man kennt solche männer wie den rocco. immer laut, mit allen befreundet, immer im recht, auf alles eine antwort, was man gar nicht gefragt hat. das sind die könige ihrer sehr kleinen welten. aber man kommt ihnen halt sehr schwer aus, und darum sitzt der kurt zehn minuten später mit dem rocco beim branntweiner gegenüber vom bipa. und nach dem dritten schnaps geht's los, da fängt der rocco an, wer aller schuld ist. woran, das kann der kurt nur raten, aber wer, erzählt ihm der rocco: die flüchtlinge, die politiker, der staat überhaupt, die frauen, die frauen von die flüchtlinge, die frauen von die politiker... und der kurt daneben einen schnaps nach dem anderen, weil er selber ist ja kaum zum reden gekommen. aber auf einmal, als der rocco grad erzählt, wie super die freemen sind, spürt der kurt ganz tief drinnen eine kraft in sich und sagt ganz ruhig zum rocco: „weißt rocco, du bist eigentlich nur ein armes, kleines, deppertes arschloch“, legt einen zwanziger auf den tisch und geht, also eher langsam, aber aufrecht. mein lieber schwan, war das eine befreiung für den kurt, das kann sich gar keiner vorstellen, der nicht dabei war. draußen in der frischen luft geht ein ruck durch seinen ganzen körper und sein kopf-dj legt ihm voller begeisterung „eye of the tiger“ auf. so fliegt der kurt quasi nach hause, in seiner selbstwahrnehmung, fremdwahrnehmung sei einmal dahingestellt. aber der satz zum rocco war seit 40 jahren fällig. daheim ist er dann draufgekommen, dass er den glasreiniger beim branntweiner vergessen hat. auch egal.

# *14*

es wird jetzt so zwei jahre her sein, dass der kurt beim fleischhauer zwei extrawurstsemmerl gekauft hat mit gurkerl, eins für jetzt und eins für später. „und fünf kilo sitzfleisch brauch ich auch noch, weil ich geh heute ins konzert“, sagt er dann noch. da hat sie lachen müssen, die hübsche wurstmamsell, und hat gemeint: „eine schöne musik hat noch keinem geschadet.“ jetzt ist es ja nicht so, dass der kurt gar kein sitzfleisch gehabt hätte, weil beislsitzfleisch reichlich vorhanden, nur, kultursitzfleisch regelrecht mangelware. warum aber der kurt ins konzert? schon auch, weil der simmerer horsti ihm immer erzählt, dass das geistige und die kunst so wichtig für einen menschen sind, nicht nur das körperliche. und die roswitha wiederum sagt oft: „warum triffst nicht öfter den horst? der ist ein feiner mensch und hat einen guten einfluss auf dich. nicht so wie deine ganzen tschecherantenspezi, mit denen du sonst immer fortgehst.“ also schenkt der kurt seiner mama zum muttertag, dass er zum andré rieu in die stadthalle mit ihr geht. die mama ist ganz begeistert von dem geschenk, weil erstens hat sie wieder mit ildefonso gerechnet und mit 4711, und zweitens dreht sie immer den radioapparat lauter, wenn der rieu auf radio burgenland kommt. außerdem hätt sie dem buben so ein geschenk gar nicht zugetraut. dann also der große tag. „der mama wird‘s gefallen, und das ist wichtig“, denkt sich der kurt in der schlange vor der stadthalle. als drinnen dann die lichter ausgehen, tut die mama einen tiefen seufzer. dann kommt das orchester heraus. beim ersten walzer ist der kurt noch angetan. beim zweiten auch noch. beim dritten denkt sich der kurt, dass schon viele probiert haben, die walzer vom strauß umzubringen, dem rieu das aber direkt gelingen könnte. aber beim vierten checkt der kurt, dass das rieu-orchester in wirklichkeit gar kein orchester ist, sondern eine schlagobersfabrik. da gibst du oben die noten hinein und unten kommt schlagobers heraus. oben strauß hinein, unten schlagobers, oben lanner hinein, unten schlagobers. und so weiter. aber jetzt fütter einmal einen menschen zwei stunden lang mit schlagobers. das hält der härteste aida-sitzer nicht aus. während er so denkt, spürt der kurt, wie die mama seine hand nimmt und ihn mit nassen augen anschaut: „so schön, kurti, so schön.“ also steckt der kurt seine angst, dass er musikalische herzverfettung kriegt, der mama zuliebe noch einmal für eine stunde weg. wieder daheim legt er sich eine platte von den clash auf, nimmt eine dose ottakringer aus dem kühlschrank und hebt sie richtung nirwana: „prost, joe strummer! der mama hat‘s gefallen. und das ist wichtig.“

DER WIENER
WALZER

## *15*

letzthin beim kurt in der wohnung, er schaut gerade „bauer sucht frau“ und freut sich, dass er kein bauer ist, als sein blick abschweift, um just dort zu verweilen, wo wand und boden zusammentreffen und keine sesselleisten sind. schon der mieter vor dem vormieter vom kurt nämlich hat sich wiederholt vorgenommen, sesselleisten anzubringen, hat es aber dann einige male verschieben müssen. und man kennt das ja, klassisches heimwerkerschicksal, man nimmt sich was vor, kommt nicht gleich dazu und – augen auf, augen zu – sind zehn jahre vorbei, und man muss eh bald umziehen, also zahlt sich's auch nicht mehr aus. den kurt aber hat an diesem abend der tatendrang gepackt, darum beschließt er, schon am nächsten tag zum baumarkt zu gehen. als mann der tat steht der kurt drei wochen später tatsächlich im baumarkt, um sesselleisten und eine gehrungssäge zu kaufen, weil ohne gehrungssäge keine sesselleisten, das weiß jeder. als er langsam, recht unbehelligt von jeglicher art von personal, regalreihe um regalreihe abschreitet, hört er auf einmal eine blockflötenstimme sagen: „aber wenn wir mit die fliesen fertig sind, norbsi, gehst mit mir in die gartenabteilung. das musst mir versprechen.“ das reptilienhirn vom kurt hat eigentlich am schnellsten reagiert, weil panikattacke, noch bevor er hätt' sagen können, warum ihm die blockflötenstimme so bekannt vorkommt. doch da steht sie schon vor ihm, die roswitha, und sagt ganz überrascht: „ja kurt! hallo! was machst denn du da? darf ich vorstellen? das ist der norbert.“ der kurt, blitzschnell, holt mit seiner rechten aus und platziert einen punktgenauen kinnhaken am norbert, sodass dieser zu boden geht, während roswitha in kurts arme fliegt, um ihn nie wieder loszulassen. in seiner fantasie. in echt sagt der kurt: „servus roswitha!“, und schaut sich den norbert an. jetzt ist das eine richtig gute gelegenheit, um sich anzuschauen, wie die sogenannte wahrnehmung eine durch und durch subjektive angelegenheit ist. weil wenn die roswitha den norbert anschaut, erste assoziation: griechische sage, adonis. beim kurt hingegen, gleicher anblick: russendisco, türsteher. so weit kann das auseinanderklaffen schon bei nur zwei menschen. und noch das ärgste, der norbert hat so einen großen silbernen ohrring auf der linken seite, der der roswitha unheimlich verwegen vorkommt, wie bei einem piraten. der kurt wiederum denkt sich nur, dass er da gern einmal einen kleiderbügel einhängen würde, mit seinem wintermantel drauf. na jedenfalls ein langes gespräch hat sich nicht entsponnen zwischen den dreien. der kurt hat sich eigentlich an gar nichts erinnern können nachher, was geredet worden ist. nur gefragt hat er sich, woher die roswitha auf einmal diese blockflötenstimme her hat, weil in seiner erinnerung eher altsaxophon, was viel besser passt zu ihr. und wo der nächste alkohol ist, hat er sich auch gefragt, aber da hat er nicht weit gehen müssen. die sesselleisten können warten, so sein entschluss.

## *16*

die sonne hat den kurt aufgeweckt, und wahrscheinlich war er deshalb an diesem tag gleich so gut aufgelegt wie ein moderator im frühstücksfernsehen. naja, nicht ganz so wild, es war mehr so eine heitere gelassenheit, die sich im inneren vom kurt breitgemacht hat. „heute mach ich einmal einen ausgedehnten spaziergang!“, beschließt der kurt aus dieser stimmung heraus. also der kurt heraus aus dem bett, aufs klo, ins bad, hinein ins gewand, hinaus bei der tür, in die tramway, in den bus und hinauf auf den lemoniberg. da oben hinter der feuerwache kann einer nämlich schon leicht 30 minuten gehen, bis er ganz rundherum ist, und es gibt genügend bankerl zum rasten. der kurt hat sich schließlich auf die lange bank vor der hölzernen hütte gesetzt, von wo aus man hinüber zum wanderweg beim nikolaitor schauen kann, auch sehr schön, aber anstrengend, weil urlang bergauf. wie der kurt so sein gesicht in die sonne hält, wird er auf einmal angesprochen. „na, kurtl, jetzt sitzma da.“ neben ihm hat so ein kleiner kerl platzgenommen, zaundürr und ein bissl verwachsen, wie man früher gesagt hätte. „tschuldigung“, so der kurt, „kennen wir uns?“ „ja kurt“, darauf der kleine, „kennst mich nicht? ich bins, dein selbstbewusstsein.“ „na geh, ehrlich? als ich dich zum letzten mal gesehen hab, warst du zwei köpfe größer als ich.“ „da waren wir 17, kurt, seither ist viel zeit vergangen. weißt, es ist schon so wie im helplied von die beatles.“ „was kommst mir mit die beatles, wennst weißt, dass ich zu die stones helf, immer schon. aber ich muss sagen, gut schaust nicht aus.“ „es geht mir auch gar nicht gut, und weil ich seit monaten jetzt auch noch sodbrennen hab, wollt ich mit dir reden. sei ehrlich, kurt, wie schlimm ist es? wählst schon fpö?“ jetzt war der kurt beleidigt, weil alles lässt er sich auch nicht nachsagen. „red nicht so mit mir. ich bin jetzt ein erwachsener mann.“ „genau das ist das problem, kurtl, du bist jetzt ein erwachsener mann. da hilft irgendwann kein alkohol, keine spiegelbrille und kein tschin-bumm-film mehr. aber schau mich an, kurt. du musst was machen." „und was?", meint der kurt. „was weiß ich? kauf dir einen schal." „was soll ich mit einem schal? ich bin ja kein architekt", wird der kurt zunehmend mürrischer. „dann denk dir was aus, kurt. ich bin immer nur so g'scheit wie du, das ist mein dilemma. aber so kann es nicht weiter gehen", sagt das selbstbewusstsein und hustet einen schleimbatzen herauf, dass der sau graust. „ich muss jetzt weiter", sagt der kurt, steht auf und geht. und bei sich denkt er: „schon komisch, da verbringt man so viel zeit miteinander, und dann erkennt man sich gar nicht." und was er sich noch denkt: „ohne frühstück geh ich nicht mehr aus dem haus."

## 17

wenn der kurt bei der haustür hinausgeht und dann nach links, kommt er zum hofer. und vor dem hofer steht ein öffentlicher bücherschrank. das ist so ein kastl, da kann man bücher hineinlegen und sich welche herausnehmen, meistens was vom konsalik oder über die angélique. der kurt bringt da immer seine lassiterheftl hin. weil ein sammler ist er ja nicht, und so stolz ist er auch nicht drauf, dass er lassiterheftl liest. drum daheim im bücherregal die karl may-sammlung von früher, winnetou eins bis drei, der schatz im silbersee, unter geiern, old surehand und durch die wüste, wenn man die zusammenstellt, lassen sich dahinter locker zwanzig lassiter verstecken. playboy geht auch, aber da hat er nicht so viele, weil die artikel oft gar nicht so gut sind, wie immer alle sagen. jedenfalls diesmal findet der kurt im bücherschrank neben einem alten simmel ein schmales bändchen: „sieben wege zum glück". „da schau her", der kurt zu sich und steckt das büchlein in die tasche. daheim setzt er sich dann auf die couch und beginnt darin zu blättern. erster satz: „befreien sie sich von materiellen dingen." der kurt schaut sich im zimmer um. die lassiterheftl waren schon weg, sonst hat keine von seinen sachen so ausgeschaut, als würde sie den kurt besonders in seiner freiheit einschränken, geschweige denn selbst einen übermäßig großen freiheitsdrang verspüren. also liest der kurt weiter übers glücklichsein. nach einer viertelstunde fallen ihm die augen zu. es ist heiß. der kurt an der alten donau auf der neuen decke mit einem lassiterheftl. neben ihm die roswitha im türkensitz isst ein heidelbeerjoghurt. von dem tropft ein patzerl auf ihr linkes knie, das schon ganz braun ist vor lauter sommer. das wischt der kurt mit seinem zeigefinger ab und steckt ihn in den mund. das heidelbeerjoghurt ist so süß wie die kleinen lachfalten neben roswithas augen, wenn sie ihn angrinst übers ganze gesicht. und im gras daneben eine fette hummel, die brummt so laut, dass man glauben könnt, da singt der louis armstrong „it‘s a wonderful world“. dem kurt braucht keiner erzählen, was glück ist.

## 18

der kurt hat vor ein paar tagen nachgedacht und ist dabei ausnahmsweise einmal nicht eingeschlafen. und durch das nachdenken ist der kurt zu der erkenntnis gekommen, dass der moderne mensch, so wie er ist auf der welt, eigentlich immer oder fast schon permanent umdenken muss. weil beispiel: seit es beim billa keine plastiksackerl mehr gibt, kannst du den polardorsch oder das cremissimo nicht mehr ganz unten hineintun. weil angenommen, du wirst aufgehalten am heimweg oder kommst ins plaudern oder schaust beim branntweiner vorbei, ob's was neues gibt, schon gehst nur mit die griffe heim vom sackerl und der polardorsch bleibt beim branntweiner. oder das cremissimo. daher umdenken und jetzt die inzersdorfer dosen unten und das gefrorene immer oben drauf. so rettet umdenken den einkauf und damit die gattung mensch selber. „das ist so ein interessanter aspekt vom leben, den muss ich mit der ilse durchdiskutieren, und dann mach ich ihr auch eine freude und kost endlich ihren kaffee", beschließt der kurt. die ilse, bekannt auch als die stattliche ilse, ihres zeichens imbissregentin in neulerchenfeld, hat bei ihrem würstelstand jetzt nämlich auch kaffee zum mitnehmen. jedesmal fragt sie den kurt: „und magst dir noch einen kaffee mitnehmen für unterwegs?", und deutet dann immer auf das plakat, das sie selber gebastelt hat: „kaffee togo". der kurt hat ja die längste zeit geglaubt, das ist so ein besonderer bohnenkaffee aus westafrika. als alter rätselfuchs hat er nämlich gewusst: land in westafrika mit t und vier buchstaben: togo. und man kann sich ja gut vorstellen, ein hipster auf urlaub, trinkt einen kaffee, schmeckt anders als daheim, zack geschäftsidee, bumm start-up, peng konkurs weil's keinen interessiert, dann lagerabverkauf, und schon gibt's hipsterkaffee bei der ilse. als er dann gecheckt hat, dass sie den landläufigen mitnehmkaffee meint, hat er ihr eh gesagt, sie soll es auseinanderschreiben, weil sich ja sonst kein mensch g'scheit auskennt. und schau her, gleich hat sie auch mehr davon verkauft. drum hat der kurt was gut bei ihr. also hört sie seiner umdenktheorie besonders geduldig zu. einen kaffee hat er auch getrunken, der kurt, der war allerdings keine offenbarung.

# *19*

der kurt und die erotik, das ist auch so ein kapitel, das einem die tränen in die augen treibt. zum valentinstag hat der kurt die roswitha einmal eingeladen: apollo kino, „fifty shades of grey". keine schlechte idee an und für sich. nach dem film, die zwei hand in hand in der barnabitengass'n, fragt die roswitha den kurt: „wie hat dir der film gefallen, kurti?", woraufhin der kurt sagt: „wennst mich fragst, war das ein hauptschöner scheißdreck." er hätte ja antworten können: „durchwachsen" oder „es bleiben schon fragen offen" oder, was immer passt, egal bei was, „er hat sich mir nicht ganz erschlossen", aber der kurt: „hauptschöner scheißdreck." darauf die roswitha: „du verstehst halt nicht viel von erotik", worauf der kurt: „was bitte ist so erotisch dabei, wenn sich eine g'scheite junge frau von so einem reichen sautrottel bis aufs blut sekkieren lasst?" „red nicht so ordinär, kurt!", die roswitha. aber das hat die frage vom kurt nicht beantwortet, drum noch einmal das mit dem sautrottel. vorbei war's mit hand in hand, weil die hand von der roswitha jetzt in ihrer eigenen manteltasche. „es gibt halt menschen, die haben eine ausstrahlung, der kann man sich schwer entziehen." „welche ausstrahlung?", hält der kurt dagegen, „deppert beim hochhausfenster hinausschauen kann ich auch." mehr hat er aber nicht gebraucht bei der roswitha: so einer wie er kommt in so ein hochhaus ja gar nicht einmal hinein und status und stil und ehrgeiz und pläne und besseres leben und streben danach und nix davon beim kurt. der aber, jetzt auch urgekränkt, sagt drauf: „musst halt nächstes mal mit dem klaus ins kino gehen." gemeint der fehringer klaus, ein gesicht wie ein frettchen, aber versicherungsvertreter und golf gti und immer ein aug auf die roswitha. und das war der moment, in dem das universum im schicksalsprofil vom kurt seinen beziehungsstatus still und heimlich auf „es ist kompliziert" geändert hat. weil die roswitha: „kurt, bitte pass lieber auf. sag jetzt nix, was du später bereust“, der kurt aber, normal schweigemeister nummer 1 von wien, hat nicht mehr aufhören können. bis zur haustür von der roswitha ist es dahingegangen. ein wort das andere und nirgends so ein mediatorcoach in der nähe, wenn man einmal einen braucht. bei der haustür sagt die roswitha dann nur mehr: „danke, dass du mir den valentinstag versaut hast“, und ist verschwunden. „danke, du auch!“, ruft ihr der kurt noch laut und patzig nach. aber inwendig ist er schon eingegangen wie ein polyesterhemd in der 90 grad-wäsche, weil der kurt hat gewusst, so ein streit ist immer auch ein stachel im band zwischen zwei menschen, der erst wieder herauseitern muss. „und nur wegen dem depperten trottelfilm, dem geschissenen“, sagt er noch ganz fuchtig, als er allein ist. die meiste wut hat er aber auf sich selber gehabt.

## 20

es ist ein ding der unmöglichkeit, dass einer auf einen menschen zeigen kann, der in seinem leben noch nie was vergessen hat. wenn man auf so einen zeigt, dann ist das vielleicht ein neumoderner roboter oder ein außeriridischer, aber sicher kein mensch und der kurt schon gar nicht. der kurt nämlich im vergessen eine koryphäe. am jahresanfang schon vergisst er regelmäßig, dass er sich eine jahreskarte für die wiener linien kauft. das nimmt er sich im november immer vor, wenn er sich ausrechnet, wie oft ihn die noch erwischen dürfen, damit es sich auszahlt, weil jahreskarte schon mehr als 300 euro. und wenn einer das wie der kurt schon so 30 jahre macht, entwickelt er auch einen blick für das erscheinungsbild von einem heimischen kontrollor. der kurt also unlängst wieder im 46er: „fahrscheinkontrolle! ihre fahrscheine bitte“, steht da neben ihm so ein drahtiger bursch fast wie der kurt selber gern einer wäre. jetzt weiß der kurt auch, dass das diskutieren nicht recht viel hilft bei die kontrollore, und steigt mit dem herrn aus dem waggon. man muss dazu sagen, dass der kurt schon recht baff war, weil früher kontrollore ältere männer mit kleinen braunen herrenhandtaschen und in einem g‘wand, das beim ausverkauf vom kleiderbauer normalerweise immer bis zum schluss übrig geblieben ist. der typ jetzt neben dem kurt aber schaut aus wie ein patenter kerl, dreitagebart, einen rucksack über der schulter und sogar eine lederjacke, die dem kurt auch gefallen hätte, so enkelsohn vom marlboro-mann irgendwie. und die zwei, die noch dazu kommen, weil kontrollore immer mindestens zu zweit oder zu dritt, von denen ist einer sogar eine frau und keine unansehnliche. der kurt versteht zwar die welt nicht mehr, aber dass er gleich brennen wird, das schon. und da erinnert er sich, was früher oft geholfen hat. also reißt er dem kontrollor seinen ausweis aus der hand und startet los, wie ein pfitschipfeil die haberlgasse hinauf richtung ottakringer straße. gelaufen ist er wie der rote blitz, so hat der flash seinerzeit geheißen. aber der kontrollor auch gelaufen und zwar genau neben dem kurt und das war das bemerkenswerte, während der kurt roter blitz, der kontrollor eher so leichter laufstil und sagt zum kurt: „bleiben sie stehen, machen sie keinen unsinn." der kurt darauf: „sie dürfen mich nicht festhalten, das ist nicht erlaubt!" „eh nicht", der kontrollor. „wie kommt es eigentlich, dass so ein sympathischer bursch wie sie kontrollor geworden ist?", fragt der kurt im weiterlaufen, damit die situation nicht ganz so peinlich ist. „warum nicht, ist ja ein schöner beruf. man kommt viel herum und lernt jeden tag neue menschen kennen." „aber beliebt sind sie ja nicht gerade", der kurt wieder. „na, nur beim g'sindel nicht, aber das bringt ein ordnungsberuf so mit sich, damit muss man leben können, das geht der polizei nicht anders." ordnungsberuf, den ausdruck er auch noch nie gehört, denkt der kurt, als er gerade beim café safari vorbeirennt, und, dass er das seitenstechen jetzt grad nicht so brauchen kann. der kontrollor hat noch weiter geplaudert, aber was, hat der kurt nicht richtig verstanden, weil ihm schon recht schwindlig geworden ist im kopf. er hat dann nur mehr gehört: „… dass sie mir keinen herzinfarkt kriegen!", dann schwarz. zu sich gekommen ist er wieder auf der bank beim spitz zwischen friedmann- und gaullachergasse. bei ihm der kontrollor und sein kollege und die ansehnliche kontrollorin auch. die hat ihn gefragt: „sollen wir eine rettung rufen?", aber der kurt hat gemeint, es geht schon. und sich bedankt für die hilfe. zahlen hat er trotzdem müssen.

# 21

„passt's einmal auf, was fällt alles vom himmel herunter? ein regen, ein schnee, ein hagel und ab und zu ein flugzeug, oder nicht? aber niemals ein meister, kein weltmeister, kein vizeweltmeister, kein bademeister und kein jägermeister. das glaubt der mensch auf der ganzen welt seit ewigkeiten, dass das so ist." der kurt war mit zwei von seinen spezi unterwegs, mit dem einen, den er recht oft trifft, und mit dem anderen, der dann auch nicht selten dabei ist, den er aber nie alleine trifft, sondern immer nur, wenn der eine dabei ist. und wenn sie so zu dritt beim letzten bier im café carina sitzen, kann es schon passieren, dass sie sich ins philosophische hineinsteigern. nicht ins hochphilosophische über die existenz und nichtexistenz oder so, aber schon ins klein- bis mittelphilosophische, was jeder schon einmal erlebt hat. die ausgangsthese war diesmal, dass man sich auf nichts mehr verlassen kann in der heutigen zeit, weder auf eine weisheit noch auf ein sprichwort und auf ein dichterwort schon gar nicht mehr. der eine also grad in seinem element. „ich verrat euch aber was, das stimmt nicht mehr. weil was ist, jetzt einmal hypothetisch gefragt, wenn in dem flugzeug, das vom himmel fällt, ein meister drin sitzt? dann muss man zugeben, auf das sprichwort ist seit der erfindung der luftfahrt kein verlass mehr, oder nicht?" er sagt übrigens fast bei jedem satz am schluss „oder nicht?", das ist schon so weit, dass seine freunde gar nicht mehr mit seinem namen über ihn reden, sondern nur mehr sagen, da kommt der odernicht. jetzt der andere: „das kenn ich auch, weil ich hab einmal beim bundesheer einen gekannt, der hat hunger geheißen mit nachnamen, manfred, glaub ich oder alfred? wurscht, aber hunger, und der war in der küche und der war nicht der beste koch, obwohl es immer heißt, hunger ist der beste koch." der eine hat den kurt angeschaut und die augen verdreht, weil der eine mag den anderen eigentlich nicht so besonders und verdreht immer heimlich die augen, wenn der andere was sagt, aber der kurt mischt sich da nicht ein, er will keinen unfrieden stiften. es reicht eh, wenn der eine zum anderen sagt, dass das aber ein blödes beispiel ist, weil ja objektiv gar nicht überprüfbar, weil vielleicht hat es den anderen, die mit ihm beim bundesheer waren, ja schon geschmeckt, und nur ihm nicht, was der hunger in der kaserne gekocht hat. da sagt der andere, das glaubt er nicht, weil alle gesagt haben, wenn der hunger kocht, wird's zum speiben. da wirft der kurt ein: „wisst's ihr, was auch nicht stimmt? die liebe währet ewiglich. das stimmt auch nicht." darauf haben dann weder der eine noch der andere was gesagt, sondern haben, wie der kurt, nur in ihr schon längst schaumloses bier hineingeschaut, und der eine hat nicht beigepflichtet und der andere auch nicht, aber abstreiten haben sie es alle zwei nicht können.

## 22

vor ein paar tagen hat sich eine junge dame neben den kurt hingesetzt. das war in der hno-ambulanz in der rudolfstiftung. der kurt hat nämlich schon länger ein komisches gefühl in den ohren, hört schlechter und bildet sich so ein rauschen ein. im internet hat er dann gelesen, dass er einen tinnitus hat, im besten fall, im schlechtesten einen krebs, der schon das ganze gehirn befallen hat von vorn bis hinten. darum jetzt rudolfstiftung, weil dort gibt es den herrn dr.windisch, und der ist ein expertenspezialist für alles wichtige oberhalb von den schultern. sonst ist der kurt bei der auswahl seiner ärzte nicht so wählerisch, aber dr. windisch hno muss sein. jedenfalls sitzt dann diese junge dame neben dem kurt und nimmt aus ihrer handtasche ein handy heraus und drückt drauf und sagt ins handy hinein: „ach schatzi, ich bin reif für die insel." und in dem moment, wie die insel sagt, zack, ist im austropopzimmer im kurtkopf das licht angegangen und volle wucht der peter cornelius: „i bin reif reif reif für die insel..." so ein austropopzimmer hat nämlich fast jeder in seinem kopf, der im gleichen alter ist, wie der kurt. da kannst du machen, was du willst, da bist du ausgeliefert. und passieren kann dir das immer und überall, zum beispiel: du fährst mit der tramway richtung favoriten, auf einmal austropopdröhnung im kopf, oder du sitzt im hawelka, dort genauso. dabei mag der kurt das lied von der insel überhaupt nicht. mit dem hat die regina aus der schule, die er als bub gern gehabt hat, nämlich immer angefangen ab mitte mai bis zu den ferien, weil die regina im sommer immer nach griechenland auf eine insel. der kurt aber nur kongressbad. die einzige insel, auf der der kurt jemals war, ist die verkehrsinsel hinterm parlament, wo er im frühjahr immer einen tulpenstrauß für die roswitha abgebrockt hat, auch schön, aber nicht so, dass er irgendwann dann dort bleibt, sondern von dort hat er immer schnell wieder abhauen müssen, bevor ihn noch einer erwischt hat. aber gott sei dank wird der kurt jetzt aufgerufen, ins behandlungszimmer numero 5. „jö schau", begrüßt ihn der dr. windisch, „der herr kurt beehrt mich auch wieder einmal." das ist so die art von ihm, wo man nicht recht weiß, echte freundlichkeit oder nur gute kinderstube oder gar nur resignation des gelehrten vor der banalität des seins. dem kurt ist das aber egal, weil für beschwerden von der art „hör nix, spür nix und ich riech nix", weltbester arzt von wien: dr. windisch. einen tinnitus hat er beim kurt nicht festgestellt, dafür aber einen haufen ohrenschmalz wie aus einem bergwerk aus ihm herausgefischt. den insel-ohrwurm allerdings hat er drinnen gelassen. der hat den kurt noch bis in die nacht hinein verfolgt.

# 23

sommer wars und der kurt sowas von herzgebrochen wegen der roswitha, darum ist er auch zum simmerer horst gegangen, weil er jemand gebraucht hat in seinem kummer. der horst nämlich immer ein offenes ohr für den kurt, das muss man ihm zugutehalten. und der kurt schätzt den horst sehr, weil der so belesen ist und ein gebildeter mensch und immer einen rat, wenn einer nicht weiter weiß. der kurt kennt keinen anderen in seinem freundeskreis, der so viel bücher kennt wie der horst. oft denkt er sich: „wenn nur mehr menschen auf der welt so wär'n wie der horst." mehr, denkt er, nicht alle, weil wenn alle, würd auch nix groß weitergehen. die regale für die bücher vom horst hat schon der kurt bauen müssen. beim billy-regal der horst nämlich zwei linke hände, aber telefonjoker bei der millionenshow der horst jederzeit. wie sich der kurt beim horst so alles herausredet aus sich, sagt der horst schließlich nach langem zuhören: „kurt, weißt was? vielleicht brauchst du einen one-night-stand." das war eine blöde idee, aber gut gemeint. so ist es halt, wenn du ein mann bist, da kann einer noch so belesen sein und durchtrainiert im nachdenken, am ende kommt oft eine blöde idee heraus. der horst weiter zum kurt: „kurti, ich sag dir was, am donnerstag geh ich auf den rathausplatz, da spielens die traviata, das ist eine schöne oper und bei den frauen sehr beliebt. da kommst mit mir mit, kurtl, weil es wär doch gelacht. nur bitt ich dich um alles auf der welt, zieh dir ein hemd an und komm nicht in deinem metallica t-shirt." am donnerstag darauf der kurt wirklich in einem dunkelbauen hemd mit dem horst auf den rathausplatz. es hat nicht lang gedauert, bis der horst einen tisch entdeckt, an dem drei damen sitzen, ungefähr in ihrem alter, ein bissl jünger vielleicht, sympathisch zum anschauen. „komm kurtl, da setzen wir uns dazu", und bevor der kurt noch was hat sagen können, hat ihm der horst einen rempler gegeben, sodass er auf der bank neben einer der drei zum sitzen gekommen ist, und sagt laut: „erlauben die damen, dass wir uns zu ihnen setzen?“ die damen, freundlich und aufgeräumt, haben sichtlich nix dagegen gehabt, gegen die kurt- und horstanwesenheit. am anfang hat der kurt alles dem horst überlassen, also den small talk und das schmähführen. es hat sich recht geschwind herausgestellt, dass die drei damen aus berlin waren und für ein paar tage nach wien gekommen sind, um die freundin auf andere gedanken zu bringen, weil scheidung und verlassen und so. die freundin war jetzt ausgerechnet die, die direkt neben dem kurt gesessen ist. und weil der kurt ja auch grad liebeskummer, gleich volles verständnis für seine sitznachbarin. endlich hat er sich ein herz gefasst und gefragt, ob er fragen darf, wie sie leicht heißt, und insgeheim hat er hat schon gerechnet mit anke, frauke, heike oder mareike, aber nein, sie antwortet: „ich bin die mercedes.“ „oha“, sagt der kurt, „einen spanischen vornamen hab ich aber jetzt nicht erwartet.“ weil vom aussehen her die mercedes, wenn jemand gesagt hätte schweden, hätte jeder sofort geglaubt. „tja, mein papa hatte so ein faible fürs spanische“, die mercedes. und es war nicht nur die stimme von der mercedes, die so geklungen hat, wie sich der kurt das geräusch vorstellt, wenn einer eine kette aus südseeperlen durch seine finger gleiten lässt, so perlend irgendwie, aber ein bisserl geklackert auch, weil ja doch berlin. was noch dazu kommt, der kurt schon immer ein faible für frauen, die worte wie faible verwenden. auf einmal ist alles wie von selber gegangen und der kurt erfährt über die mercedes, dass sie in der pharmazie tätig ist, dass sie eigentlich gar nicht mitkommen wollte nach wien, aber dann doch und wien so schön und ihre freundinnen überhaupt die besten, und das leben muss ja weitergehen und man darf sich ja nicht verschließen vor der welt, nur weil eine ehe schiefgegangen ist, und im augenblick muss man leben. und der kurt zurück, ja im augenblick leben und das leben muss weitergehen und sich nicht vor der welt verschließen. so ist es hin- und hergegangen zwischen den beiden, augenblick, ehe schiefgegangen, leben weitergehen, immer hin und her. irgendwann sind der horst und die beiden freundinnen nach vorn zu der filmleinwand gegangen, weil die traviata angefangen hat, aber der kurt und die mercedes sind noch sitzen geblieben und haben noch weiter darüber geredet, dass das leben weitergehen muss und man im augenblick leben soll. nach einer zeit hat die mercedes gesagt, dass sie jetzt auch gern nach vorn gehen würde, weil jetzt die schöne arie kommt von der violetta, wenn sie stirbt. und der kurt hat gesagt, dass er gern mit ihr nach vorn geht, und dass es das auch nur in der oper gibt, dass jemand im sterben liegt und noch so schön singen kann dabei. als sie dann vorne stehen, ist dem kurt aufgefallen, dass ja der horst und die freundinnen von der mercedes gar nirgends zu sehen sind. die mercedes hat aber gemeint, dass die sich schon zurechtfinden werden, und dass es schade ist, weil ihr letzter abend in wien und morgen in der früh schon rückflug. und wie sie da gestanden ist, hat sie ihre arme um sich selber geschlungen und gesagt: „kühl wird es schon, wenn die sonne weg ist.“ und der kurt sagt: „ja, ist halt doch schon fast ende august und der herbst kommt bald, das merkt man.“ und steckt seine hände in die hosentasche, weil dort auch wärmer. und auf der leinwand stirbt die violetta lauthals und singt ihre arie, die eh ein jeder gleich kennt, wenn man sie ihm vorsummt. allerdings hat irgendwann ein schlechter mensch einen saudummen text zu dieser arie erfunden und der geht: „ich hab dein knie gesehen, das durfte nie geschehen...“ ausgerechnet jetzt kommt dem kurt dieser text in den sinn. die violetta stirbt und alles so romantisch und der kurt „ich hab dein knie gesehen“ im kopf. das hat ihn so geärgert, dass er sich gar nicht recht auf die mercedes hat konzentrieren können. als dann alles vorbei ist, fragt die den kurt, ob er leicht in der nähe irgendwo wohnt, und der kurt erklärt ihr, dass es gar nicht weit ist bis zu ihm nach hause. das muss schön sein, in so einer schönen stadt zu wohnen, da würd sie gerne viel mehr davon sehen, die mercedes. aber der kurt erklärt ihr, dass es ja nicht überall so schön ist, wie am rathausplatz. er ist ein bissl nervös gewesen, weil er den horst nirgends gesehen hat, und sie sind ja miteinander gekommen. dann erzählt die mercedes dem kurt, dass es in ihrem hotel eine recht nette bar gibt, und ob er sich die vielleicht noch anschauen möchte. aber der kurt hat gemeint, dass die mercedes ja sicher noch packen muss, wenn sie so früh schon nach berlin zurückfliegt, und da will er sie nicht stören und vom schlafen abhalten. er hat ihr gezeigt, dass am ring viele taxis warten. warum die mercedes jetzt lachen hat müssen, das hat der kurt nicht ganz verstanden, aber er war überrascht, dass sie ihm einen kuss auf die wange gibt und sagt: „na dann nicht, du lieber wiener." und dann ist sie richtung taxis gegangen. wie ihr der kurt nachschaut, steht auf einmal der horst neben ihm. „kurtl, was machst denn? warum geht die jetzt weg, allein?" „die muss morgen früh aufstehen", sagt der kurt zum horst. und dann: „du horst, glaubst wird das heute noch was mit einem one-night-stand?" darauf der horst: „kurtl, vielleicht bist du einfach noch nicht bereit dafür." dann sind sie noch auf ein bier gegangen.

# 24

wo einer wohnt und wo einer lebt, das ist ja oft ein haushoher unterschied. die alte hedwigtant vom kurt zum beispiel, als man die gefunden hat in ihrer wohnung, hat sie dort quasi schon noch gewohnt, aber gelebt hat sie dort seit drei wochen nicht mehr. und man sagt ja auch, einer lebt in der vergangenheit, aber nie, der wohnt in der vergangenheit, obwohl von der miete her wahrscheinlich eine gute idee, aber in echt unmöglich. oder wenn einer die ganze zeit einen stiefel daherredet, kann man ihn fragen: „wo lebst du denn, bitte?", aber „wo wohnst du denn, bitte?", ganz unpassend bei so einer gelegenheit. beim kurt ist das leichter, der wohnt in ottakring und lebt auch dort. darum hat er auch gar keinen weiten weg vom gasthaus müller, wo es die guten schnitzel gibt, bis zu sich nach hause. unlängst geht er dort in der nacht heim, als er zufällig den vollmond trifft. „servus mond, du alter vagabund, wie geht's dir denn?", begrüßt ihn der kurt. „servus kurtl, du alte kraktüte, hast dich wieder einmal hinausgetraut auf die straße?" der mond und der kurt kennen sich ja schon urlang, daher auch der freundschaftliche ton zwischen den beiden. „was gibt's neues, mond, heulen die wölf noch in sibirien?" „und wie die heulen, dauernd und alle, und ich sag dir, das ist so nervig, weil mundgeruch hat so ein wolf, mein lieber herr gesangsverein!" das hat der kurt nachfühlen können, im müller ist zufällig heute auch einer gesessen mit einem mordsmächtigen mundgeruch, das erzählt er dem mond. „ja, aber du hast es leicht, du kannst dich umdrehen und gehen, aber als mond hat man eine gewisse verantwortung, da kann ich mir höchstens eine wolke vors gesicht hängen, und dann schreien schon wieder alle klimawandel." „reg dich nicht auf, jetzt bist ja da", der kurt zum mond. „ja, eh", der mond, „wenn mich ein ottakringer anheult, ist das weit nicht so schlimm, alkoholfahne schon, aber das muss man aushalten, wenn man ein mond ist."

„glaub ich dir. ist sicher ein unterschied, ob einer ein lebendiges viech frisst oder sich ein gepflegtes bier hineinstellt, bevor er einen rülpser tut." „darauf kannst du wetten", sagt der mond. „und, was hast noch alles gesehen im letzten monat, mond?" „eine ganze menge kurtl, aber so viel zeit hast du nicht, du wohnst ja da, oder?" der kurt war nämlich jetzt bei seiner haustür angelangt. „stimmt, und ich bin müd. wir sehen uns. ciao mond!", verabschiedet sich der kurt und winkt hinauf. „ grüß dich kurtl, auf bald!"

## 25

der kurt hat einmal gelesen, dass, wenn irgendwo ein schmetterling mit einem flügel schlägt, auf der anderen seite der welt ein tsunami losgehen kann. das hat ihn irrsinnig fasziniert und seitdem der kurt größten respekt vor jedem schmetterling. er denkt: „vielleicht steckt ja auch ein schmetterling dahinter, dass neulich unten im achten ein baukran umgefallen ist und ein hausdach demoliert hat. wenn das so ist, kann der ja gar nichts dafür, der den kran so deppert hingestellt hat, dass er umfliegen muss. das müsste man demjenigen einmal sagen, dass er kein schlechtes gewissen mehr haben muss." aber was der flügelschlag eines schmetterlings für einen tsunami, ist für den kurt ein wimpernschlag der elfe mit der la boum-frisur von der sophie marceau im passamt am richard-wagner-platz. der kurt letzthin dort wegen passverlängerung, geht heinein, zieht eine nummer, geht eine viertelstunde auf und ab, setzt sich eine viertelstunde nieder, geht wieder eine viertelstunde auf und ab, dann aufruf und sophie marceau und wimpernschlag. jetzt ist ja der kurt seit jeher ein sekundenverlieber erster güte. das muss man sich so vorstellen wie in einem film vom walt disney, wo die fee mit dem zauberstab irgendwo drauftupft und schon sternengefunkel auf tausend und dazu so ein „pling!" wie vom triangel beim neujahrskonzert und der kurt knallverliebt, bis der letzte funkelstern verbrutzelt ist, und die sophie marceau: „möchten sie ihren pass verlängern?" und der kurt: „ich glaub schon", und wie blöd bitte ist diese antwort, weil no na, wenn einer auf dem passamt sitzt? da sieht man wieder, wenn man innerlich so stürmisch aufgewühlt ist, sagt man äußerlich besser überhaupt nichts, weil praktisch nur ein unsinn dabei herauskommt. warum der kurt seinen pass verlängern lässt, ist sowieso ein rätsel, wo er ja doch nie ins ausland fährt. das ist ihm zu riskant. weil, fährst fort, denkst dir nichts dabei, kommst in einen tsunami, alles aus.

## 26

wenn einer – so wie der kurt – damals dabei war im kulturkampf jeden samstag nachmittag daheim im wohnzimmer, und zwar – so wie der kurt – an vorderster front, ob der heinz conrads oder spotlight geschaut wird im schwarzweißfernseher, hat ganz sicher schon ein jeder aufgehört, ihn jung zu nennen. das dreißigste jahr nämlich auch schon länger her, und die zeit seitdem vergangen wie nix. wenn einer dann geburtstag hat und – so wie der kurt – außer geburtstag hauptsächlich sorgen, dann kann er froh sein, wenn die mama anruft, weil wenn überhaupt noch eine mama, die mama oft die einzige, die anruft. es kann einem dann leicht passieren, dass das schicksal, das bekanntlich den größten hammer besitzt, aber auch den größten schraubenzieher und eine kraft wie der rübezahl, dass das schicksal hergeht und einen ungeschmiert hineinschraubt in einen depressionspfosten. das ist ein vorgang von gandenloser brutalität und macht ein geräusch, so grauslich, dass der holzwurm beim urinieren abzwickt. schicksalshammer dagegen fast eine erholung, weil einmal eine drauf und dann eh bewusstlos. aber wenn man dann schon ganz tief drin steckt und fast schon keine luft mehr kriegt, dann tut das schicksal noch einen umdreher mit seinem schraubenzieher und noch einen, so wie die platte, die sich der kurt zum geburtstag aufgelegt hat, fleetwood mac „need your love so bad", kennt heute auch keiner mehr, tut aber richtig schön weh. und noch einen umdreher und noch einen und immer tiefer hinein, als eine sms am handy hereinkommt: „lieber kurt, ich wünsch dir alles gute zu deinem geburtstag. lass es dir gut gehen. roswitha" aber obwohl „need your love so bad", kommt es im kurt hoch: „na danke, du blöde nuss. dich braucht jetzt auch keiner mehr." da hat das schicksal aufgehört zu drehen. einmal muss es auch genug sein.

## 27

die margit von überm gang macht jetzt yoga. „das kann ich dir auch empfehlen, kurt, das würde dir gut tun. das hilft dir, deine innere mitte zu finden." dabei wär der kurt schon froh, wenn er das rezept für die psychopax-tropfen finden tät, die ihm der herr doktor verschrieben hat, und die er schon seit einer halben stunde sucht. „wenn's ihr gut tut der margit, von mir aus, aber für mich wär das nix", denkt sich der kurt. weil er kommt eh schon so schwer auf, wenn er einmal auf dem boden sitzt, und beim yoga sitzt ja andauernd auf dem boden. aber den grund, warum die margit das macht, den hat er schon verstehen können. der kurt ist nämlich selber furchtbar nervös in letzter zeit und zwar permanent, schläft auch schlecht. diese innere unruhe, die margit geht ins yoga dagegen. der simmerer horst geht in den musikverein, der eine geht zur yvonne, der andere geht jeden sonntag in die kirche, der kurt geht halt zum arzt, und der schreibt ihm ein rezept für psychopax auf, und das rezept hat der kurt verlegt, und deswegen ist er schon wieder so nervös. das mit der religion hat er sich ernsthaft überlegt, aber wenn man sich umschaut in der welt, kriegt man den eindruck, dass der herrgott ja selber hochgradig nervös ist zur zeit überall, wo er hingreift. es wär interessant, zu wem der dann geht um tabletten oder tropfen. weil wenn du alles und jeden erfunden hast, was machst du dann? sicher, du kannst einen erfinden, der sich noch besser auskennt als du, und dann noch einen, der noch mehr weiß, als der, er sich eh schon besser auskennt als du, und dann noch einen und noch einen, aber was bist du dann noch für ein herrgott unter lauter auskennern? da haust du dir nur die ganze hierarchie zusammen. oder du kannst in pension gehen und einen andern herrgott sein lassen, so einen wie den red bull zum beispiel. sagst zu ihm: „geh her, red bull, ab jetzt bist du der herrgott." der macht das sicher, der tut ja so und so schon so. dann ist es dem kurt zu blöd geworden und er ist ohne rezept hinunter in die thaliastraße zur apotheke gegangen. dort hat ein junger mann bedient, zu dem der kurt sagt: „grüssie, herr magister", weil zum arzt immer „herr doktor", zum apotheker immer „herr magister", das gehört so. „grüssie, herr magister, ich krieg bitte psychopax-tropfen", recht laut und selbstsicher, weil kein rezept. „haben sie ein rezept?", der herr magister, ein sehr dünner mensch übrigens. „schon, aber ich hab's jetzt nicht mit. ich werd es nachbringen." „da muss ich die chefin fragen." und schon erscheint sie, die chefin, eine rundherum resolute person im weißen mantel: „sie haben kein rezept für die psychopax-tropfen?" der kurt jetzt ein bisschen schüchterner: „nein, aber ich tät es nachbringen, wenn sie so freundlich sein würden." „ohne rezept kann ich ihnen keine tropfen geben, das tut mir leid." „aber liebe gnädige frau..." „ich bin keine liebe gnädige frau, ich bin verantwortlich hier und hab vorschriften." „aber können sie nicht eine ausnahme?" „ausnahmen gibt's nicht in meiner apotheke, was mach ich, wenn sie ein kontrollorgan sind oder der atv mit einer versteckten kamera?" „schau ich aus wie der atv?" „ich sag ihnen, ein jeder kann der atv sein. kommen sie mit einem rezept wieder, dann kriegen sie die tropfen. baldrian kann ich ihnen mitgeben, die sind rein pflanzlich und auch nicht schlecht." na hat der kurt schlussendlich die baldrian tropfen genommen. daheim hat er das psychopax-rezept doch noch gefunden unter der krone bunt, die er sich vom sonntag wegen dem kreuzworträtsel aufgehoben hat. dass er gleich wieder hinunter geht, hat ihn aber nicht gefreut, lieber hat er das kreuzworträtsel aufgelöst. als er nach einer stunde fertig war, war die nervosität ganz verflogen und der kurt die ruhe selbst.

## 28

der kurt sitzt wieder einmal beim branko und schaut den luftblasen in seinem wieselburger beim aufsteigen zu. das ist eine schöne beschäftigung und ein jeder zenmeister aus japan hätt sich was abschauen können vom ihm, wie er da so dagesessen ist. ganz inwendig ist er dabei geworden, bis die jukebox: „tscheng diggi deng tschiggi diggi diggi deng deng…“ das kennt jeder, das ist das intro von „supiscious minds", bei dem macht der kurt seit jeher einen innerlichen freudensprung. das sind solche intros, die machen einem einfach eine luftige freude, nicht tief im herz drin, sondern mehr so rundherum, wo man sich auch einfach so freuen kann, ohne lästige gefühlskramuri. bei der gitarre vom chuck berry zum beispiel ist das auch so am anfang von „johnny b. goode“, oder gibt es einen auf der welt, der nicht zumindest heimlich mit dem kopf von hinten nach vorn bangt, wenn „smoke on the water“ anfängt, oder einen, der sich beim intro von „we are the champions“ nicht auf seine oberschenkel klopft, oder auf die tischplatte, wenn er sich traut? als der elvis mit dem singen anfängt, setzt sich ein junger bursch neben den kurt, haut ihm auf die schulter und sagt: „na, kurtl, das gefällt dir immer noch, was?“ zuerst will der kurt was böses sagen, aber als der den bub anschaut, ist ihm der sofort sympathisch. vielleicht ist die lederjacke schuld, die der angehabt hat, weil der kurt hätte schwören können, dass er im gleichen alter eine ganz gleiche lederjacke gehabt hat, und den kragen auch immer so aufgestellt, auf gefährlich und james dean-poster im bravo. also sagt er nichts der kurt, sondern schaut zu, wie der junge mann ein cola rot beim branko bestellt. „witzig“, sagt der kurt, „das hab ich früher auch immer getrunken, aber jetzt eigentlich nur mehr bier.“ „bier ist mir zu bitter“, sagt der bursch. „mit der bitterkeit lernst du umgehen, die kommt im leben.“ „weil sie kommt, oder weil man es zulässt?“ „die kommt, ob du es zulässt oder nicht“, der kurt. „aha“, darauf der kerl und lacht dem kurt so deppert ins gesicht, wie man das nur als junger kann, wenn man alles weiß, aber von nichts eine ahnung hat. trotzdem hat der kurt ihm nicht bös sein können, sondern hat nur gesagt: „jetzt lachst du blöd, aber da wirst du schon noch draufkommen.“ „das glaub ich nicht, es reicht, wenn du draufgekommen bist.“ jetzt hat er aber schon gefragt der kurt, ob er ihm eine schmieren soll, weil da hereinkommen, geschwollen daherreden und frech werden, braucht er sich nicht einbilden, dass ihm das durchgeht. „dass du so wirst, das hätt ich mir nicht gedacht, da haben wir doch ganz anders geplant gehabt.“ „was geplant?“, fragt der kurt. „na weißt du dich nicht mehr, wie du dir das leben vorgestellt hast?“ und so sind sie ins reden gekommen. und der kurt hätt nicht sagen können warum, aber er hat sich so gut mit dem jungen burschen verstanden, dass er ihn zeitweise am liebsten abgebusselt hätt. obwohl schon auch viel blödsinn dabei, was der ihm erzählt hat, aber jung halt, da muss man auch ein wenig tolerant sein. im grunde hat der kurt aber nichts dagegen sagen können, nur oft so sachen wie „du träumst ja“ oder „wirst schon sehen“ oder „als ich so alt war wie du“ und es gibt ja nichts, ist dem kurt später vorgekommen, über das sie nicht geredet hätten. als irgendwann der junge mann sagt: „so, kurt, es ist soweit, ich muss jetzt gehen“, da ist das so plötzlich für den kurt gekommen, dass ihm fast ein riss durch's herz gegangen wär. „na geh, bleibt doch noch, ist ja nicht so spät“, versucht er den burschen zu überreden. der lacht aber nur und sagt: „kurt, einmal muss geschieden sein, das weißt du genau so gut wie ich, oder soll ich dir brüderlein fein vorsingen?“ „so jung und schon so zynisch?“, fragt der kurt. „so alt und noch so romantisch?“, fragt der junge, steht auf, umarmt den kurt und flüstert ihm noch ins ohr: „passt schon, aber weißt was? ein bissl was geht schon noch, scheiß dir nicht so viel. und jetzt horch zu, das haben wir auch immer so gern mögen“, dreht sich um und geht zur tür hinaus und die jukebox: schlagzeug: „tschak tschack tschack tschak tschack tschack…“, und der bass von oben nach unten: „dum dum dum

dum dum…“, und der elvis: „yes my baby left me, never said a word…“, was für ein höllisch talentierter schreihals der einmal gewesen ist. zum branko sagt der kurt: „hast du das mitgekriegt?“ „ja“, sagt der branko, „das kommt öfter vor, dass die jukebox von allein losgeht, muss am elektrischen liegen, müsst ich einmal anschauen lassen. sag, der junge mann, der grad da war, ist der mit dir verwandt?“ „irgendwie schon“, antwortet der kurt. „na dann wirst du sicher seine zeche zahlen“, der branko. der kurt nickt nur.

## 29

wer noch nie am ottakringer friedhof gewesen ist, der wird das nicht wissen, aber der kurt weiß es, dass ganz vorne, gleich hinter der großen aufbahrungshalle, das grab vom zirkusdirektor rebernigg ist. das hat der kurt einmal entdeckt, als er seinen opa besucht hat. den opa hat er gern gehabt, der kurt, weil immer, wenn der kurt was neues können hat, hat er das dem opa vorgeführt: „schau, opa, purzelbaum!“, oder: „schau, opa, handstand!“, oder: „schau, opa, hochsprung.“ und der opa immer applaudiert und gesagt: „bravo, kurti, jetzt kannst bald im zirkus rebernigg auftreten.“ einmal ist der opa dann mit dem kurt in den zirkus gegangen und der kurt kann sich noch gut an die goldenen menschen erinnern, die ganz oben unterm zelt hin- und hergeflogen sind. da hat ihn der opa angestupst und gesagt: „schau hinauf da, kurti, das ist die ehrlichste kunst. die riskieren leib und leben!“ den kurt freut es richtig für den opa, dass er jetzt auf dem gleichen friedhof liegt wie der zirkusdirektor rebernigg. „weißt du kurti, wenn ich einmal nicht mehr bin“, hat der opa ein anderes mal gesagt, „dann tät‘s mich freuen, wenn du mich hie und da auf dem friedhof besuchen kommst. aber zu allerseelen brauchst nicht kommen, da ist eh hochbetrieb. komm lieber, wenn einmal die sonne scheint, in der warmen jahreszeit, wenn es dir ausgeht.“ manchmal setzt er sich dann noch auf eine bank, der kurt, und genießt die stille rundherum. da ist ihm dann auch sein letztes kunststück eingefallen. er hat dem skateboarder zugeschaut, der vor der volksschule in der grundsteingasse hin- und hergefahren ist. auf einmal war das so ein verwunschener jetzt-oder-nie-moment für den kurt. in so einem moment denkt man sich das „jetzt“ immer ganz laut und das „nie“ viel leiser, obwohl das „nie” auch oft nicht die schlechtere idee. der kurt aber fragt den skateboarder, ob er einmal sein brettl ausprobieren darf. der skateboarder meint: „von mir aus.“ der kurt stellt sich aufs brett, taucht mit dem einen fuß an, und los ist es gegangen, wie der silver surfer ist er draufgestanden, der kurt, und ist sich auch so vorgekommen, und herrlich war's die ersten fünf meter. als er im wilhelminenspital fertig war, hat er die roswitha angerufen und sie gefragt, ob sie ihn abholen könnte, weil mit dem neuen gips möcht er nicht so gern in die bim einsteigen. die roswitha kommt, sieht den kurt, und sagt nicht: „bravo, kurti!", sondern nur: „na super." aber das hat sie nicht so gemeint, dass das super war, das ist ironisch gewesen. der kurt hat gar nichts dagegen sagen können, weil er hat sich selber gedacht: „mit der nummer hätt mich der rebernigg nicht genommen."

# 30

gebackenes oder gegrilltes? der mensch muss entscheidungen treffen, in einer tour entscheidungen, fängt schon in der früh an: aufstehn oder weiterschlafen? duschen oder katzenwäsche? hemd oder leiberl? krügel oder seidl? grüßen oder wegschauen? noch eins oder heimgehen? und so weiter und so fort. im kulinarischen eben grundentscheidung: gebackenes oder gegrilltes? ab dann kannst du weiterdenken, ob schnitzel oder strudel oder pizza oder pleskavica oder kebap und so weiter und so fort. sicher, wenn einer vegetarier ist oder veganer, wird es auch so eine grundentscheidung geben, aber die kennt der kurt nicht, weil das ist so eine art parallelwelt, in die es ihn gedanklich noch nicht hineingezogen hat. einmal hat einer ja zum kurt gesagt: „ich esse nichts, was vier beine hat." der kurt hat im ersten moment geglaubt, der ist ein menschenfresser, aber eh nicht. der hat natürlich gemeint fisch und hendl schon, rind und schwein nicht. känguru wäre eine interessante frage gewesen, die ist dem kurt aber erst viel später einmal gekommen. in ottakring gibt es ja gott sei dank alles für einen jeden. beim filippo zum beispiel am richard-wagner-platz, wo das herzhafte auf das internationale trifft, da ist der kurt ganz in seinem element. weil ottakring kulinarisch so gut versorgt ist, hat der männliche ottakringer nicht selten einen bauch, und zwar egal, ob jetzt einer mit oder ohne migrationshintergrund. was nämlich wär ottakring ohne migrationshintergrund? es kann einer von noch so weit herkommen und trotzdem ottakringer sein. der simmerer horst beispielsweise ist ursprünglich aus gramatneusiedl. kommt einer aus der türkei, aus serbien, aus kroatien, aus afrika, aus spanien, aus kolumbien und so weiter und so fort, trotzdem ottakringer. in der beach-bar am yppenplatz geht sogar ein kärntner ein und aus, und die sind die härtesten integrationsfälle. egal, trotzdem ottakringer, aber eben vorn bauch und hinten migrationshintergrund.

einer ist immer dabei, wenn man sowas erörtert, der dann fragt: „und, gibt's da keine probleme und verbrechen?“ ja sicher gibt's probleme und drogen auch und diebstahl, aber am verbrechen ist ja nicht der migrant schuld, sondern der verbrecher. und wo ein verbrecher ist, findest du leicht noch mehrere. der gemeine mensch rottet sich gern zusammen und der hundsgemeine halt auch. aber ehrlich? das hast du in chikago genauso, da braucht sich keiner besonders über ottakring beschweren. auf die weise sinniert der kurt vor sich hin, während er grad auf dem weg zum filippo ist, wo der simmerer horst seinen 50er feiert und ihn dazu eingeladen hat. ausnahmsweise ist der kurt heute nämlich der entscheidung enthoben, ob gebackenes oder gegrilltes, weil beim filippo buffet und beides vorhanden und reichlich sicher auch noch dazu.

## 31

an manchen tagen ist der kurt ein ritter von trauriger gestalt, also innen ein ritter, von außen ist er eine traurige gestalt im ritter. dort ist der kurt nämlich gesessen, im café ritter, oben in der ottakringer straße. er wollte sich wieder einmal mit seiner inneren stimme treffen und fragen, was es neues gibt. aber inzwischen glaubt er nicht mehr, dass das so ein guter plan war. die liest ihm nämlich seit einer halben stunde ordentlich die leviten, die innere stimme. hauptvorwurf, er hört nie auf sie. „musst halt ein bissl lauter sein", redet der kurt noch zurück. das war ungeschickt, weil dann: lebenswandel, ernährung, sportliche betätigung, karriere, beziehungsstatus, umgang mit genussmitteln, äußeres erscheinungsbild, vergangenheit, gegenwart, zukunft, alles hat sie hinauf und hinunter dekliniert, und bei allem hat sie was auszusetzen gehabt. wie mit einer nadel immer dort hineingestochen, wo es eh schon weh tut, aber nicht chinesische akupunktur, sondern moralische folter. unzufrieden mit der gesamtsituation, so könnte man die rezitation von ihr zusammenfassen. der kurt ist ja gar nicht mehr dazu gekommen, noch ein wort zu erwidern. ganz zernepft ist er dagesessen, und dreingeschaut hat er, als hätten ihm die mauserl das brot weggegessen. aber dann die innere stimme: „immerhin bist ein ritter, kurt, wenn auch einer von trauriger gestalt. die meisten anderen sind ja keine ritter, sondern nur von trauriger gestalt." das hat ihn wieder ein wenig aufgebaut. als der kellner kommt und fragt, ob er dem herrn noch ein bier bringen darf, zögert der kurt zwar, doch er verneint. als der kurt bei der tür hinausgeht, meint seine innere stimme: „schau, geht ja."

## *32*

der kurt mag die natur schon auch, vorausgesetzt, sie benimmt sich ordentlich. das ist ja das problem mit der natur, man weiß nie, wann die durchdreht und so sachen macht, wie einen regenguss herunterschütten oder zecken ausstreuen im wald. trotzdem spürt der kurt manchmal eine sehnsucht nach der natur in sich. bei einer kleinen natursehnsucht geht er in den kongresspark, bei einer großen natursehnsucht fährt er mit dem bus hinauf auf den wilhelminenberg und marschiert richtung jubiläumswarte und dann hinunter nach hernals. im kongresspark hat er früher oft neben der zelic anni geschaukelt.
die anni hat sich daheim auch paradiese der tiere anschauen dürfen im fernsehen, und am nächsten tag haben sie beim schaukeln über die tiere geredet, die da drin vorgekommen sind. die zelic anni war ja immer ein jahr jünger als er. der kurt hat damals schon den unterschied zwischen wildtier und haustier gekannt und hat einmal mit der anni darüber zu diskutieren angefangen, ob ein reh ein wildes tier ist oder nicht. die anni hat ihn ausgelacht und gesagt: „ein reh ist sicher kein wildes tier, das tut ja keinem was." der kurt aber ist dabei geblieben, ein reh ist schon ein wildes tier, weil es in der wildnis lebt. „du spinnst!", hat die anni gesagt, „bei uns gibt es gar keine wildnis, aber rehe schon, im wienerwald." wieder und wieder wollte ihr der kurt das erklären, aber nicht und nicht hat sie es verstehen wollen. nicht einmal das beispiel mit dem löwenbaby hat sie überzeugen können. „du bist blöd, ein löwenbaby ist voll süß." wenigstens haben sie sich dann geeinigt, dass das löwenbaby, wenn es erwachsen ist, vielleicht einmal ein wildes tier wird. das war lang bevor aus der zelic anni dann selber eine ganz wilde geworden ist, aber da hat sie der kurt schon aus den augen verloren gehabt. auf dem wilhelminenberg, wenn er herumgeht, der kurt, hat er meistens seinen i-pod mit, für den fall, dass ihm die

stille rundherum zu laut wird. einmal vor kurzem auch, da war er schon auf so einem schmalen wegabschnitt hinunter nach hernals, als der bruce springsteen mit „dancing in the dark“ im i-pod gekommen ist. der kurt ist ein leidenschaftlicher geheimtänzer, also tänzer, wenn ihm keiner zuschaut, wie zuhause oder im wald, und bei „dancing in the dark“ hat er dann mitgetanzt wie der bruce springsteen selber, so brucemäßig breitbeinig, von einem fuß auf den andern gestiegen und ein bissl mit den hüften hin und her und mit dem oberkörper und den armen so einmal links und einmal rechts, wie wenn er alle gläser und flaschen und aschenbecher von einem tisch hinunterwischen möchte. geheimtänzer und dazu auch noch begnadeter luftgitarrenspieler, der kurt. wer auch kurz in der luft gewesen ist, war der mountainbiker, der hinter dem kurt eh schon zehn meter vorher geläutet, aber nicht mehr hat bremsen können. jetzt ist so eine mountainbikeklingel gegen das saxophon vom clarence clemons natürlich nicht mehr als ein leiser schas im wald, wenn einer einen passenden vergleich braucht. der kurt jedenfalls nichts gehört, und schon war der biker von seinem bike heruntergewischt. passiert ist nicht viel, aber als der aufsteht, behauptet er, dass der kurt ein gehirnamputierter volltrottel sei. der kurt wiederum tituliert den mountainbiker als geselchten affen und meint, dass er nicht wie eine gesengte sau herumfetzen muss, und resümiert dann: „typisch mountainbiker, sowieso ein jeder die rücksichtslosigkeit in person, eine pest für wald und flur.“ derweil hat sich der mountainbiker geschneuzt und sich den dreck vom ellbogen und von den knien abgeputzt. der kurt hat dann noch so eine gefährlich gemeinte pose eingenommen wie der muhammad ali, auch so breitbeinig, weil so ist er vom tanzen eh noch dagestanden. er hat ja nicht gewusst, wie der mountainbiker seine worte aufnehmen wird, darum jetzt muhammad ali und mehr so abwehrhaltung, aber auch angriff, wenn einer blöd kommt. der mountainbiker wiederum war eher eine wespenhafte erscheinung, nicht selten bei radlern, denen die leidenschaft für ihren sport schon in fleisch und blut übergegangen ist. der hat ihm dann nur mehr den vogel gezeigt und ist weitergefahren. das war dem kurt nicht unrecht, so richtig im training ist er nämlich auch nicht gewesen. wenn er nicht gleich wieder seinen i-pod aufgesetzt hätte, hätt er vielleicht den dachs im unterholz lachen gehört. auch ein wildes tier, der dachs.

# 33

„such'ma neue schucherl, lieber herr? darf ich ihnen behilflich sein?" das erste, was dem kurt an schuhverkäuferin aufgefallen ist, waren ihre knopfaugen. das zweite, wie sie geredet hat, nämlich nicht, dass sie schuhe sagt zum kurt, sondern schucherl. der kurt hat neue schuhe gebraucht, weil mit den alten ist das gehen nicht mehr gescheit gegangen. die sohlen waren fast schon durchgewetzt. „vielleicht ist sie ja eine verzauberte maus", denkt sich der kurt, oder eine verfluchte, die jetzt im mäusefegefeuer ist. sicher hat sie eine schreckliche mäusesünde begangen und jetzt muss sie zur strafe als schuhverkäuferin so leuten wie dem kurt schuhe verkaufen. er kennt sich nicht wirklich aus mit der mäusereligion, der kurt, eh bei den menschenreligionen auch nicht. es hat ja eine zeit gegeben, da war der kurt fix überzeugt davon, dass sich das mit den religionen sowieso bald erledigt hat. weil der kurt immer so: „hoch die internationale solidarität!" und kein volksstimmefest versäumt. aber da hat er sich getäuscht, weil heutzutage die religionen wieder in aller munde, doch kaum ein lebenszeichen von der internationalen solidarität, der geht es offensichtlich gar nicht so gut. „das wird sicher so sein, dass die schuhverkäuferin eine verfluchte maus ist", daran hat er nicht mehr gezweifelt. da hat sie ihm schon wieder leid getan, und er hat es auch besser ausgehalten, dass sie sagt: „ich werd ihnen ein schönes paar zeigen, da werden sich ihre guckerl drüber freuen." guckerl, wer, wenn nicht eine verfluchte maus, sagt guckerl statt augen zu einem menschen wie dem kurt. aber wenn man eine verfluchte maus ist, ist die welt sicher viel zu groß um einen rundherum, darum muss man sie sich dauernd kleinreden. obwohl, der warzenfredi, ein 120-kilo-mann, kennzeichen warze im gesicht, sagt auch immer: „ich geh ein bierli trinken", statt: „ich geh auf ein bier." und dann der ärgste tschecherant, den du unter sechs, sieben krügeln aus keinem wirtshaus hinausbringst. oft macht er dort gleich „ein tunkerl", wie er sagt, dann muss man ihn zur sperrstunde in ein taxi tragen und mit dem fahrer verhandeln, weil die meisten fürchten, dass er ihnen das auto vollspeibt. der warzenfredi aber ist ein geeichter trinker, so einer speibt nicht, allein schon, weil ihm leid ums geld wär. könnte es sein, dass der warzenfredi früher auch einmal ein kleintier gewesen ist, und jetzt diese welt für ihn kleintierfegefeuer? „schaun's einmal, sind die nicht elegant?", die schuhverkäuferin ist zurück und hält ihm ein paar schwarze lederschuhe unter die nase. aus höflichkeit probiert sie der kurt an, obwohl er gleich weiß, dass er damit weder einen fackelzug noch eine wallfahrt überstehen würde. „auweh, da hab ich mich ein bisserl verschätzt, der herr hat aber auch wirklich große fußerl." das war ihm dann zuviel, dem kurt. „wissens was? ich überleg mir das noch einmal, jetzt weiß ich, was es gibt. ich komme ein anderes mal wieder." „aber wollen's nicht doch noch? ich hab noch ein paar andere schachterl hinten stehen mit entzückende modelle, die ich ihnen zeigen könnt." der kurt aber hat sich so in die vorstellung hineingesteigert, dass er von einer verfluchten maus bedient wird, dass ihm das auf einmal voll unheimlich geworden ist, und er ganz dringend aus dem geschäft hinaus hat müssen. draußen wär er beinahe in ein auto gerannt. das hätte ein aua gegeben.

# 34

mit flüchtiger schönheit müsste der kurt sich eigentlich auskennen, weil über die jahre sind etliche schönheiten vor ihm geflüchtet. womit er sich auf jeden fall auskennt, das sind dunkle wolken, nicht solche aus dem wetterbericht, sondern die aus den cowboyliedern, von der gattung, die oft tagelang über einem schweben und einen überallhin begleiten, so wie ein luftballon aus dem prater, den einem die mama an den hosenträgern angemacht hat, damit sie nicht davonfliegen, aber heute kein luftballon, sondern dunkle wolke. der kurt ist in der fania bar gesessen. da geht er nur selten hin, aber manchmal schon, weil dort spielen sie immer die schöne salsa musik und salsa hilft besser gegen dunkle wolken, als alles. so viel lebensfreude mögen die nicht. aber ausgerechnet diesmal kein salsa im fania, sondern tango. tango wiederum lieblingsmusik von der dunklen wolke. also sitzt der kurt an der bar und schaut auf die preistafel über den rumflaschen und rechnet sich aus, wie viel ihm seine fünf bier kosten werden, als die tür aufgeht und der kurt aus dem augenwinkel sieht, wie sie hereinkommt. kurz bleibt sie stehen, um sich das mondlicht aus dem roten haar zu schütteln, dann schaut sie sich um im raum. dem kurt ist es peinlich, aber kann die augen nicht mehr von ihr lassen. auf einmal hat der tango einen sinn. als sie ihm dann noch zuwinkt und zu ihm an die bar kommt, hätte jeder kardiologe seine freude gehabt, so einen hupfer hat das herz vom kurt gemacht. „hallo, ich hab schon gefürchtet, dass du nicht mehr da bist. hast meine nachricht gekriegt? wir bleiben eh an der bar sitzen, oder? ich sag's dir, jetzt brauch ich ganz schnell was zum trinken. was hast du, bier? eine freundin hat mir erzählt, dass die da so gute mojitos machen. wie geht's dir, ein bissl müd schaust aus." der kurt: „ah… ja, war ein anstrengender tag." „ach, da brauchst mir nichts erzählen, bei mir auch so anstregend, die ganze woche eigentlich, aber seit gestern ist meine tochter auf sportwoche. das hab ich dir eh geschrieben, dass ich eine tochter hab, oder?“ der kurt: „ahm…“ es war ihm grad aufgefallen, dass sich ein bisschen lippenstift auf ihre zähne geschummelt hat, sowas kann einen ordentlich fertig machen. außerdem hat er immer noch kleine sterne aus ihren haaren fallen sehen. da haben ihm freilich die fantasie und das villacher bier einen streich gespielt. „na ist ja egal, aber ich freu mich jetzt schon über eine woche, wo ich tun und lassen kann, was ich will. so lieb man sie hat, die kinder, ein wenig abstand ist auch gut, und sie ist ja in guten händen. und du? sag, du bist fotograf?“ der kurt: „ähm… ja, ich fotografier schon immer wieder einmal.“ in diesem augenblick, der kurt hat ihn nicht kommen sehen, steht ein typ da und berührt ihre schulter: „vanessa? ich bin der georg.“ sie schaut überrascht, erst zum kurt, dann zum georg, dann wieder zum kurt. er kann ihr parfum wahrnehmen, als sie sich jetzt zu ihm vorbeugt und ihm ins ohr flüstert: „du, das ist mir jetzt voll unangenehm, ich hab gedacht, du bist mein tinder-date, weil du mich so lieb angeschaut hast, wie ich hereingekommen bin, und das licht da herinnen, sei mir bitte nicht bös.“ der kurt, betrunken vom villacher bier, aber berauscht von chanel nr. 5 sagt nur: „passt schon.“ heimlich aber denkt er sich: „jetzt heißt sie auch noch vanessa.“ doch da sind die zwei schon an einem entfernten tisch gesessen. der kurt dreht sich wieder zu seinem glas. über sein bier legt sich ein schatten. er schaut hinauf, die dunkle wolke. „ah, bist eh noch da“, sagt er zu ihr. „jaja, ich war nur kurz am klo. hab ich was versäumt?“ „einen augenblick von flüchtiger schönheit“, antwortet der kurt. damit hat die wolke aber nichts anfangen können. sie sagt dann noch: „hör einmal, kurt, das ein schöner tango, der ist vom carlos gardel.“

## 35

der kurt mag keine smoothies, das ist wegen dem simmerer horst. der simmer horst nämlich ist ein verfechter und auch ein garant korrekter aussprache. der horst und ein fremdwort, da kann ihm nicht so schnell einer was erzählen. bevor er sich da ein blöße gibt, geht er vorher in das internet hinein und drückt auf den kleinen lautsprecher und probt so lange, bis die aussprache sitzt wie bei einem einheimischen fremden. das ist eine gute eigenschaft vom horst, weil er mit seinem wissen auch nicht hinter dem berg hält. er teilt es an jeden aus. immerhin sagt der warzenfredi jetzt nicht mehr knotschi beim italiener, sondern njoki, wie es sich gehört. aber beim smoothie ist das problem, dass der horst, wenn er nach den zwei o zum …th… kommt, immer furchtbar spuckt dabei. das lässt sich anscheinend nicht verhindern. dem kurt graust dann und er denkt sich: „ein getränk, bei dem schon gespuckt wird, wenn es einer hersagt, kann nichts heißen, vitamine hin oder her." das hauptproblem aber, das jetzt noch dazu kommt, ist folgendes: der simmerer horst sagt, seit er auf die smoothies gekommen ist, zum bier nicht mehr bier sondern hopfensmoothie. dann haut er sich immer ab wie ein volksschüler, der als letzter einen ordinären witz verstanden hat. vor ein paar jahren ist das schon einmal ein problem gewesen mit der hopfenkaltschale, der horst hat immer eine hopfenkaltschale bestellt, wenn er ein bier gemeint hat. immer und immer wieder. den zachsten kaugummi von der welt kann keiner so lang auslutschen, wie der horst das, wenn er einmal was witzig findet. für die anderen beim ersten mal lustig, beim zweiten mal witzig, beim dritten mal „kenn ma schon", beim vierten mal lästig, ab dem fünften mal zum augenverdrehen und irgendwann zum speiben. der kurt hat ihm eh schon gesagt: „horstl, das ist nicht mehr witzig." der horst aber stur dahin und weiter hopfenkaltschale. das ist keine gute eigenschaft vom horst.

jetzt aber beim hopfensmoothie kommt noch die spuckproblematik dazu. im beisl, wenn der horst die hand in die höhe hebt, weil er gleich schreit: „noch eine runde hopfensmoothies!“, da ducken sich schon alle auf die seite. einer ist halt immer dabei, der das noch nicht weiß, und wenn der im schlechten winkel sitzt, dann volles rohr sprühregen von der simmererspucke im gesicht. was trotzdem interessant ist, einen smoothie bringt der kurt nicht hinunter, wenn ihm dann aber einer einen hopfensmoothie hinstellt, den hat er noch nie zurückgeschickt.

## 36

vor ein paar tagen ist der kurt beim frisör gewesen. war schon richtig zeit. darauf freut er sich normal immer, aber beim letzten mal war alles anders. er ist hineingegangen bei der tür und da ist die daria, die ägyptische göttin, vor ihm gestanden. „hat der mitko zeit für mich?" „der mitko arbeitet nicht mehr bei uns", hat die daria geanwortet. das war ein schock für den kurt, weil der mitko seit drei jahren sein frisör und der kurt sowas wie ein väterlicher freund für den mitko. er hat ihn vor allem in liebesdingen beraten. armer mitko könnt man jetzt meinen, aber eh nur so sachen wie „wo gehst mit ihr hin, wenn sie dich besucht?", oder „was kaufst für ein parfum?", sowas halt, nichts herzbewegendes. der kurt kennt seine grenzen als berater. der mitko ist ja in eine frau aus stuttgart verliebt. die hat er nicht oft gesehen. darum immer großes mitko-kino, wenn sie ihn aus stuttgart besuchen gekommen ist. „ich hab zeit für sie. sie können sich gleich hinsetzen", sagt die ägyptische göttin. sie schneidet normalerweise die frauen. „ja, ich weiß auch nicht", meint der kurt, ganz unsicher auf einmal. „aber gehen's, keine panik, das kann ich schon. ist ja nicht so kompliziert." also setzt sich der kurt hin und die daria beginnt damit, ihr handwerk in den kurthaaren auszuüben. „jetzt interessiert's mich schon, warum ist denn der mitko nicht mehr da?", fragt der kurt die ägyptische göttin. „der ist in die kassa gefallen." „um gottes willen", der kurt erschrocken, „sitzt er im häf'n?" „nein, die chefin hat ihn erwischt und gesagt, wenn er selber kündigt, zeigt sie ihn nicht an." das ist nett von der chefin, trotzdem der kurt ganz erschüttert. „und was macht er jetzt, wissen sie was?" „vielleicht wandert er aus, nach stuttgart." da ist dem kurt aber innerlich schon einen pfugatzer ausgekommen. äußerlich hat er still-gehalten, weil ja grad unterm messer von der ägyptischen göttin. der kurt ist offiziell nicht eitel, inoffiziell freilich eher schon. aber der mitko nach stuttgart ausgewandert? auswandern tut man ins morgenland, nach singapur, nach alaska oder nach südamerika, aber nicht nach stuttgart. „stuttgart ist scheiße", hat der mitko außerdem einmal zu ihm gesagt. und jetzt auf einmal? doch es ist schon so, die liebe und ein begangenes verbrechen, bei dem man erwischt wird, können einem die lebensplanung ordentlich durcheinander bringen. „es war bestimmt ein verbrechen aus liebe", denkt sich der kurt über den mitko. die fehler, die man aus und in der liebe macht, sind ja immer die schönsten. und sie bleiben einem ein leben lang. weil zum beispiel rechenschularbeit beim kurt immer voller fehler, aber alle hat er vergessen, nicht die kleinste erinnerung. die fehler in der liebe? jeden einzelnen kann er aufzählen. andererseits wiederum, bei der rechenschularbeit verbesserung möglich. bei den fehlern in der liebe? machst es beim nächsten mal anders, glaubst besser, aber im endeffekt dann auch nicht optimal. am liebsten hätte er den kopf geschüttelt, aber dort noch immer die schere von der ägyptischen göttin in voller aktion. „fertig. und, sind sie zufrieden?" „ja, ganz tadellos", sagt der kurt. „soll ich die augenbrauen und die haare bei die ohren auch noch machen?", fragt sie dann noch. da war der kurt froh, weil das hat der mitko auch immer gemacht, aber bei der daria wär es dem kurt peinlich gewesen, das anzusprechen, schließlich bittet man eine ägyptische göttin nicht um sowas profanes.

# 37

der kurt kennt einen vampir, schmäh ohne. zum ersten mal getroffen hat er ihn in der liebhartsgasse am eck vom haus, wo die ehemalige santora-firma drin war, und wo jetzt die caritas so einen shop hat, in dem man sachen kaufen kann. da hat sich einer nach mitternacht die seele aus dem leib gespieben, also seele, man weiß es ja irgendwie nicht so genau. „brauchst hilfe?“, hat der kurt gefragt, der grad am heimweg vom branko vorbeigekommen ist. „weiche sterblicher, ich bin ein vampir!“ „ja eh“, hat der kurt gesagt, „und ich bin der graf bobby. soll ich wen anrufen für dich?“, der kurt, im grunde immer hilfsbereit. aber der vampir hat abgewunken und wollte dem kurt jetzt auf der stelle beweisen, dass er wirklich ein vampir ist. das ist so gegangen: erster beweis: die eckzähne, lang und spitz. zweiter beweis: kein schatten unter der straßenbeleuchtung und keiner unterm vollmond. dritter beweis: kein spiegelbild im seitenspiegel vom skoda fabia, der daneben geparkt gewesen ist, obwohl sie die köpfe zusammgesteckt haben, wie wenn sie ein selfie machen wollten, der kurt und der vampir, aber es wär nur ein selfie vom kurt allein geworden, kein vampir im seitenspiegel. letzter beweis: die schweinerei auf der straße. als hätte einer fünf liter roten rübensaft intus gehabt, und das packt nicht einmal der hademar bankhofer, wenn ihm schwindlig ist vom eisenmangel her. „na bist du deppert, dass ich noch einmal einen vampir kennenlern, das hätt ich mir auch nicht träumen lassen. warum geht's dir denn gar so schlecht?“, fragt der kurt. und da hat der vampir erzählt, dass er halt gern einmal ein bissl länger schläft und darum später zum frühstücken kommt, aber als vampir keinen alkohol verträgt. „jetzt find einmal einen alkoholfreien um diese zeit in ottakring.“ der kurt darauf, dass er geglaubt hat, nur der knoblauch sei so schlecht für die vampire. da hat ihn der vampir aufgeklärt, dass das mit dem knoblauch nur eine erfindung von den abstinenzlern ist, denen jedes argument recht sei, „um dem genuss von wein, der freude am bier und dem segen geistiger getränke ein ende zu bereiten." alkohol sei der beste schutz gegen vampire überhaupt. „aha", hat der kurt gemeint, „und wo kommst eigentlich her?" da hat der vampir erzählt, dass er eh aus wien ist, „mein vater war ein kaufmann", hat er begonnen und dann ist es richtig herausgesprudelt aus ihm, wo sie gewohnt haben und über seine schwester, „wir hatten in der wohnung jedes ein zimmerchen" und so weiter und so fort. der kurt hat ihn reden lassen, weil einerseits schon interessant, so eine vampirlaufbahn, andererseits, warum soll ein vampir sich nicht einmal alle hundert jahre das herz ausschütten dürfen. ein bissl geschwollen hat er dahergeredet, aber das muss man verstehen, wenn einer 1857 auf die welt gekommen ist. der kurt hat auch nicht gelacht, wie der vampir seinen namen verraten hat, ignaz nämlich. der kurt nur: „aha, ich hab geglaubt, ihr heißt's alle so dracula oder orlock oder edward oder so." auf einmal der vampir aufgehorcht: „hörst du es, sterblicher, hörst du das singen? das sind die kinder der nacht." „aber nein", sagt der kurt, „das ist die rettung, die klauben sicher wieder einen vorm rhiz auf. wo bist du denn überhaupt gewesen, dass es dir gar so schlecht geht?" im chelsea ist er gewesen. „na, dann wundert mich nichts mehr, wenn du ausgerechnet dort einen aussaugst, wo man schon vom durchschnaufen ein delirium kriegt." ausgesaugt hat er ihn eh nicht, nur kaum merklich angezapft, sagt der vampir darauf, weil ganz aussaugen macht, dass aus dem dann auch ein vampir wird. und das hat der vampirbürgermeister von wien nicht so gern. erste vampirregel, wenn du einen aussaugst, musst du dich um den kümmern und ihm vampirmanieren und das ganze vampirwissen beibringen, das wird sehr streng überprüft, weil vampirehrenkodex kein lercherlschas, und das kann schon einmal gute 50 bis 70 jahre dauern, bis das alles sitzt, besonders wenn du so einen volltrottel erwischt, wie der ignaz einmal unabsichtlich. aus dem ist trotz aller mühe nur so ein grindiges saugg'frast geworden, dass sie ihn sogar nach klosterneuburg verbannt haben, dabei klosterneuburg eh schon so blutleer, aber das ist eine andere geschichte. das hat dem ignaz in vampirkreisen keine gute nachrede eingebracht und eine rayonzuteilung in ottakring. der kurt ist dann schon müd gewesen, sagt aber noch zum vampir: „ich geh jetzt heim, aber du schaust fürchterlich aus, voller speibflecken. geh mit, ich geb dir ein t-shirt von mir.“ „sei bedankt, sterblicher!“, der ignaz darauf, „ich kenne die niedertracht und den edelmut. an dir ist keine niedertracht. aber bitte gehen wir nicht zu nahe an der neulerchenfelder kirche vorbei.“ der kurt hat ihm dann wirklich ein altes che guevara t-shirt geschenkt. vor dem schlafengehen hat der kurt zur sicherheit noch einen schnaps getrunken. zur sicherheit.

## *38*

letzthin hat der kurt einen kaiserschmarrn zum nachtmahl gegessen, weil er gusto auf palatschinken gehabt hat, aber dann ist nur ein kaiserschmarrn herausgekommen, als er eine whatsapp-nachricht bekommt: „lieber kurt, ich werde heiraten. der norbert hat mich gefragt. ich wollte, dass du es von mir erfährst. vielleicht kannst du dich mit mir freuen. ich wünsch dir, dass du glücklich wirst, kurt, das wünsch ich dir wirklich. alles liebe, roswitha." da hat der kurt gewusst, diesen kaiserschmarrn an diesem tag wird er sein lebtag lang nicht mehr vergessen. und jeder kaiserschmarrn in der zukunft wird ihn an diesen kaiserschmarrn an diesem tag erinnern. mit einem keks wär es dasselbe gewesen oder mit einem kleinen gulasch, aber an diesem einen tag – weil der zufall ja auch ein lustiger kampel ist – halt kaiserschmarrn. als erstes ruft er den warzenfredi an: „die roswitha heiratet." der warzenfredi: „ich hab's schon gewusst, kurt, aber ich hab's dir nicht sagen wollen. ich sag einmal, du kannst in wirklichkeit froh sein, kurt. das ist die chance, dass du ein neues leben anfängst." aber das mit dem neuen leben hat der kurt nicht mehr gehört, da hat er schon aufgelegt gehabt. als nächstes ruft er den einen an: „die roswitha heiratet." „scheiß dir nix kurt, scheiß dir nix." dann den anderen: „die roswitha heiratet." „naja", sagt der andere, „hast den einen schon angerufen?" „ja, hab ich." „was hat er gesagt?" „ich soll mir nix scheißen." „recht hat er, scheiß dir nix. ist eh besser so." dann den simmerer horst: „die roswitha heiratet." der horst: „kurt, in zwanzig minuten bist beim branko." beim branko sitzt der simmerer horst schon an der bar mit zwei flaschen wieselburger und zwei vogelbeer und schiebt ein bier und einen vogelbeer zum kurt hinüber, als der auf den barhocker klettert. „die roswitha heiratet", der kurt. „ja, die roswitha heiratet", der simmer horst. der kurt: „scheiße!" der horst: „scheiße." der kurt: „jetzt krieg ich sie nimmer zurück." der horst: „nein, jetzt kriegst sie nimmer zurück." der kurt: „ich will sie eh nimmer zurück." der horst: „du willst sie sicher nimmer zurück." so ist es weiter gegangen. und der job vom branko: noch ein bier, noch ein vogelbeer, noch ein bier, noch ein vogelbeer. der kurt: „mich hätt sie nie geheiratet." der horst: … filmriss … alles schwarz … neben dem bett vom kurt steht eine frau. genau kann er sie nicht sehen, weil es finster ist. der kurt: „wer bist denn du?" die frau: „ich bin die zeit." der kurt: „gibst du mir die roswitha zurück?" die zeit: „ich bin eine diebin. im nehmen bin ich besser als im geben." der kurt: „schade." die zeit: „aber, wie jeder weiß, ich kann alles heilen. dich auch. morgen fangen wir an."

## 39

finster war's. finster war's, aber nicht so, wie wenn man im zimmer das licht abdreht in der nacht und die jalousien herunterlässt, aber draußen auf der straße eh noch die laternen. es ist die art von finsternis gewesen, über die sich nur der johnny cash hat singen getraut und der nick cave vielleicht, aber alle anderen schon nur mehr bei schönem wetter draußen, weil sonst zu enterisch. unterirdisch finster, aber nicht so, wie wenn einer im sarg liegt im grab, weil nach dem sterben der einzige job ist, tot sein auf jahrhunderte hinaus bis in die ewigkeit, wenn man glück hat. da versäumt man nichts mehr. so finster war's wie in der hintersten höhle von einem höhlengeflecht im tiefsten fels, aber nicht so, wie in der geisterbahn, wo dann ein bindfaden vom plafond hängt und man schreckt sich, weil man glaubt, ein geist greift her. so finster war's, dass sich kein geist mehr hingetraut und die blindeste fledermaus nicht genug schneid gehabt hätte, sich dort auszuschlafen. der kurt mittendrin in der finsternis. der kurt selber finsternis. finster im herzen, finster in der brust, finster im gemüt, finster bis unter den nagelrand vom kleinen finger. nur finsteres blut in den schwarzen adern, der kurt. und hinein sinniert in die finsternis. wo er hinschaut, der kurt, finster, vorne und hinten und oben und unten. nur wenn er beide augen zumacht, wird es heller. so finster. das hat lang gedauert.

## *40*

es stimmt ja gar nicht, dass der kurt nichts für seine fitness tut. der kurt zahlt jeden monat gute 30 euro für das fit inn in der ottakringer straße. dort arbeitet der vlado. der ist dem kurt sympathisch und der kurt ist dem vlado sympathisch. der vlado hat einmal zum kurt gesagt: „wenn du was weiter bringen willst, kurt, musst du an deine grenzen gehen, wenn du was weiter bringen willst.“ dabei geht der kurt sowieso an seine grenzen, wenn er das fit inn aufsucht, weil die ottakringer straße ja die grenze zu hernals und das fit inn auf der hernalser seite. „machst du brust heute, kurt, machst du brust?“, fragt der vlado den kurt oft. und dann lachen sie beide kurz miteinander. ja eh, brust, der vlado hat leicht reden. die brust vom vlado ist schon locker so breit wie der wäschekasten im schlafzimmer vom kurt, sodass er beim vlado schon leicht seine sammlung von heavy metal-t-shirts hineinlegen könnte. das schönste am heavy metal nämlich sind für den kurt die t-shirts. die musik taugt ihm auch, aber weit nicht so wie die t-shirts. der kurt weiß vorm schlafengehen auch einen entspannten bossa nova zu schätzen von der astrud gilberto zum beispiel. so ein fetter totenkopf mit ziegen hörnern auf einem schwarzen untergrund aber, das hat einen düsteren reiz, dem sich ein mann nur schwer entziehen kann. außerdem glauben viele, der kurt ist eine beinharte sau, wegen seiner heavy metal-t-shirt-sammlung. aber brust? der kurt ist schon froh, wenn er nach einer dreiviertelstunde lebend wieder vom crosstrainer herunter kommt und denkt sich jedesmal, wie gut es ist, dass er bei den 30 euro auch die saftbar dabei hat, wenn er sich einen limettensaft in seine fit inn-trinkflasche hineinrinnen lässt. dabei ist sein kopf so rot, dass der paradeiserkönig von der lgv seine freude damit hätte. vor ein paar tagen ist der kurt wieder ins fit inn gekommen. „servus kurt, und, machst du brust heute, machst du brust?“ der vlado sagt meistens alles zweimal in einem satz. vielleicht kommt das auch vom vielen brustmachen. der kurt sagt: „ja vlado, ich hätt dich fast nicht erkannt! seit wann hast du denn einen bart?“ „zwei monate schon, seit zwei monaten.“ jetzt hat sich der vlado einen bart wachsen lassen in der zeit, in der der kurt 60 euro investiert hat ins fit inn. aber das passt so, das ist ihm seine fitness wert.

## *41*

der tarzan ist der herr des dschungels. der kurt ist ein herr aus ottakring. der kurt kann sich gut an eine geschichte aus einem alten tarzan-heftl erinnern. da steht der tarzan am anfang auf einem baum, schaut auf die anderen bäume hinüber und denkt sich, weil sprechblase mit kugerl: „in diesem teil des dschungels war ich noch nie.“ wenn sich der tarzan gleich am anfang sowas denkt, kann man sich leicht ausrechnen, dass es nicht lang dauern wird, dass sich eine kalamität anbahnt. jetzt kann sich der kurt nicht denken: „in diesem teil ottakrings war ich noch nie“, das glaubt ihm nämlich keiner. aber drüben in rudolfsheim-fünfhaus hinter der stadthalle ist das espresso susi, da ist der kurt noch nie gewesen, bis vor ein paar tagen. da war er dann das erste mal dort und gleich länger als geplant ursprünglich. er ist dort mit einem recht gescheiten ins diskutieren gekommen und zwar über klassische musik. recht gut kennt sich der kurt nicht aus bei klassischer musik, aber so viel weiß er schon, dass das stück, über das sie gestritten haben „bilder einer ausstellung“ heißt und nicht „bilder, die was in einer ausstellung hängen“, wie der gescheite behauptet hat. und dass der komponist nicht musskovski heißt, sondern irgendwie anders, war sich der kurt auch sicher. wie genau, hätte er auch nicht gleich sagen können, aber irgendwie anders. und dass ta-ta-ta-taaaamm nicht die neunte symphonie vom beethoven ist, sondern die fünfte, hat der kurt auch besser gewusst, als der gescheite. das hat der dann eh zugeben müssen, weil er sich wieder erinnert hat, dass die neunte die mit der freude ist, vom beethoven extra für die eu komponiert. irgendwann hat sich die snezana, die kellnerin vom espresso susi zu ihnen gesetzt, sich eine angeraucht und gesagt, dass sie aufhören sollen, so blöd herumzustreiten, weil am besten ist sowieso der eros ramazotti, den mag sie am liebsten von alle sänger. sie hat auch die ganze zeit schon eine eros ramazotti-cd gespielt. den kurt hat beim genauen zuhören ein richtiger appetit auf eine pizza überkommen und er hat die snezana gefragt, ob sei ihm noch eine tiefkühlpizza machen tät. die snezana hat zurückgefragt, ob auf ihrer stirn leicht das wort trottel tätowiert steht. ein kleines bier können sie noch haben und dann sollen sie sich alle zwei schleichen, weil sie hat schon aufgewischt und abgerechnet. als der kurt die hütteldorfer straße richtung urban-loritz-platz hinuntergegangen ist, hat er sie gesehen, die dame der nacht. „servus tarzan, kommst mit mit mir? ich zeig dir was schönes." das hat dem kurt schon geschmeichelt, weil tarzan hat noch nie eine zu ihm gesagt. er wollte nicht unfreundlich sein, also greift er mit den händen in seine hosentaschen hinein und zieht das innenfutter heraus. überall auf der welt, wo einer hosen anhat, heißt das: leider pleite. dabei hat er aber halt auch seinen haustorschlüssel ausgestreut. als er den gesucht hat im rinnstein, im dunklen, ist er sich dann nicht mehr vorgekommen wie der tarzan, sondern mehr so wie der löwinger paul.

## 42

einer, der glück in der liebe hat, sagt man, hat pech im spiel und umgekehrt. beim kurt ist das anders, der hat pech in der liebe und pech im spiel. er geniert sich heute noch, dass er damals in seinem zorn zum croupier im casino in der kärntner straße gemeint hat, dass der gar kein richtiger croupier ist, sondern ein krüppelviech ein deppertes. die herren waren aber eh sehr höflich, die ihn von dort dann hinauskomplimentiert haben, aber so fest hätten's ihn nicht angreifen müssen am oberarm. er hat ja drei tage später noch blaue flecken gehabt. wegen dem simmerer horst war es ihm auch peinlich, der hat den kurt ja damals mitgenommen ins casino, damit er auch einmal was besonderes erlebt und hat ihm dazu extra seine zweitbeste krawatte geborgt. „das war jetzt nicht die feine englische, kurtl", hat er nachher gesagt. „du musst deine wut besser kontrollieren." aber immer ist es auch nicht so mit dem pech, weil neulich hat sich der kurt in der trafik ein brieflos gekauft und hat 100 euro gewonnen. davon hat er 30 euro gleich in neue brieflose investiert, das waren dann 27 mal leider nicht und dreimal zum anmelden beim millionenrad vom peter rapp. mit dem rest in der tasche ist der kurt ein stückl weiter nach vor zum gürtel ins weinhaus sittl gegangen. und wen trifft er dort? den august powischek! wie immer gekleidet in feinsten zwirn kommt der auf den kurt zu: „der herr kurt, so eine schöne überraschung! haben's lust auf einen schnapser mit die doppeldeutschen? ich tät mich wirklich außerordentlich freuen." august powischek, kommerzialrat, alle behaupten, dass er eine große nummer ist im import-export-geschäft und teilhaber an der renommierten firma hulesch & quenzel. ja eh, wer's glaubt. der kurt weiß schon ganz genau, wer der powischek in wirklichkeit ist, das hat er schon längst überrissen, da können ihn auch der schwarze cederer, das feinherbe parfum und die eleganten umgangsformen vom powischek nicht täuschen. trotzdem, einen schnapser hat der kurt noch selten ausgeschlagen und schon haben sie gemischt und was daraufhin mit dem restlichen geld vom kurt passiert ist, kann sich eh jeder vorstellen. „so, aus, ich hab nix mehr“, der kurt zum powischek. „wissen sie, herr kurt, normalerweise spiel ich ja nicht um so kleine summen, aber bei ihnen mach ich eine ausnahme, weil's mit ihnen immer ein richtiges vergnügen ist. spielen wir nicht doch noch eine runde?“ „ich hab nix mehr!“, sagt der kurt, „ihnen gehört eh schon mein ganzes geld. meine seele könnt ich noch anbieten.“ da lacht der powischek und meint: „bei allem respekt, herr kurt, aber eine seele wie die ihrige krieg ich sowieso über kurz oder lang. da bemüh ich mich nicht selber, die nehmen meine mitarbeiter im vorbeigehen mit. ich selbst liebe die herausforderung, wenn es um seelen geht, sie sind ein lieber kerl, herr kurt, aber eine herausforderung sind sie nicht.“ „aha, der feine herr hat mitarbeiter“, jetzt der kurt, schon ein bissl beleidigt. „ja, was glauben sie denn? glauben sie denn so ein ein internationales business wie meines kann man ganz allein bewerkstelligen? meine mitarbeiterzahl geht in die tausende.“ „hätt noch nie einen getroffen von ihre tausende mitarbeiter, ehrlich gesagt“, der kurt. „aber ganz bestimmt haben sie schon mit dem einen oder anderen zu tun gehabt, herr kurt. einige sind ja recht bekannt. zum beispiel die fachkräfte aus der druckfehlerabteilung, ganz lustige kampeln, einen hat ja die heute-zeitung fix abgeworben, gegen eine gar nicht so kleine jährliche gewinnausschüttung, aber das bleibt unter uns. und dann die kollegen, die im detail sitzen, großteils klein, aber sowas von oho und raffiniert. die meisten allerdings arbeiten undercover für mich. hätten's nicht auch lust, herr kurt? ein bisserl ein zuverdienst ab und zu, auf honorarbasis?“ „was wär zu tun?“, fragt der kurt. „ach, nichts kompliziertes, sie erfahren es dann schon, wenn es soweit ist.“ das war ein verlockendes angebot, aber auch ein wenig unheimlich. „denken's einfach darüber nach“, meint der powischek, als er den kurt zögern sieht. „und, noch eine kleine partie auf mein risiko? wenn sie verlieren zahlen sie nichts. wenn sie gewinnen, kriegen's ihren ganzen einsatz wieder zurück.“ da hat der kurt freilich zustimmen müssen. und gewonnen hat er. soll keiner sagen, dass der teufel nicht auch einmal ein mitleid hat, mit einem, der sauschlecht karten spielt.

## 43

kaiserwetter. die luft wie champagner und die sonne strahlt auf die kleine kaasgrabenkirche oben in in den weingärten, als hätte die frau holle sie vorher extra noch mit sidol geputzt und mit einem rehhäutl poliert. in der kirche drinnen sagt der pfarrer gerade: „sie dürfen die braut jetzt küssen." das hat die roswitha sich so gewünscht, dass der pfarrer sagt, „sie dürfen die braut jetzt küssen", wie in die romantischen amerikanischen filme. also sagt der pfarrer, damit die arme seele eine ruhe hat: „sie dürfen die braut jetzt küssen". und der norbert, ein mann der tat, küsst die roswitha, dass ihr die wangen ganz rot anlaufen unterm weißen hochzeitsschleier. genau so hat sie sich das vorgestellt gehabt. die hochzeitsgesellschaft hat die romantischen amerikanischen filme auch gekannt und hat angefangen, dem jungen paar zu applaudieren, ein paar haben ein bissl schneller geklatscht, die waren mit dem kopf schon beim heurigenbuffet vom haselbrunner, dorthin war nach der kirche geladen. und vor dem strahlend blauen himmel haben ein paar schwalben ihre flugbahnen wie herzen gezogen. so schön ist es da oben zugegangen und so viel liebe ist in der luft gewesen. unten in ottakring hat die sonne auch gescheint auf einen weinenden buben vorm haus, in dem der kurt wohnt. keine vier jahre der g'schrapp und schon am boden zerstört. es ist ihm nämlich just in dem moment, in dem der norbert oben in der kirche die roswitha geküsst hat, unten in ottakring seine erdbeereiskugel auf den asphalt gefallen. und jetzt heult er in sein leeres stanitzel. so ein malheur kann eine kinderseele ordentlich durchbeuteln. wo die sonne nicht hineingescheint hat, war in die wohnung vom kurt. in der waren die jalousien hinuntergelassen. aber in die ohren vom kurt hat der willie nelson zum dreiundfünfzigsten mal das traurigste cowboylied von der welt hineingesungen und damit das herz vom kurt massakriert. sonne, mond und sterne hat er

alles abgeschafft, der willie nelson, und die welt überhaupt ganz am ende. es ist ja ein naturgesetz, dass, wenn man was partout nicht wissen will, sicher einer daherkommt und es einem steckt. dem kurt hat halt einer gesteckt, dass die roswitha heute heiratet. der willie nelson schon wieder: „my baby's gone." baby hat der kurt nie gesagt zur roswitha, das hätte er blöd gefunden, so eine coole frau, wie die roswitha ist. die roswitha hat schon ab und zu einmal baby gesagt, aber nicht zum kurt, sondern wenn sie ein baby gesehen hat. „schau, ist das baby nicht süß, kurti?", oder: „mooi, ein baby!" und dann hat sie den kurt öfter angeschaut. ein einziges mal nur, hat sie dabei zu ihm gesagt: „jünger werden wir nicht kurti, ich nicht und du schon gar nicht." da hat der kurt es endlich begriffen. sofort ist ihm der gedanke gekommen: „so ein kind braucht ja auch einen vater", und im geist hat er sich als vater gesehen, ganz kurz nur. das kind hat ihm gleich so leid getan, dass er den gedanken sofort wieder aus seinem kopf hinaus verbannt hat. und geschwiegen hat er. jetzt nicht, dass die roswitha gedanken lesen hätt können, aber irgendwie ist sie dann nie mehr darauf zurückgekommen, und der kurt auch nicht. und der willie nelson wieder: „my baby's gone." erst als es draußen schon nacht geworden war, hat der kurt sich endlich auf die straße getraut und ist umhergewandert in ottakring wie auf der insel der verlorenen seelen. dabei ist er unter einer straßenlampe seinem schatten begegnet. „du hast es leicht", sagt er zu seinem schatten, „musst mir immer nur alles nachmachen." „wirklich, kurt?", fragt der schatten, „glaubst wirklich, dass man es so leicht hat, wenn man untrennbar mit dir verbunden ist?" das allerdings hat der kurt nicht geglaubt. „eigentlich eh nicht", sagt er zum schatten, „das war blöd von mir. bitte um entschuldigung."

# 44

botanisch gesehen ist der kurt ein serienkiller. wenn die pflanzen sich besser organisieren täten und so eine spezialeinheit wie bei die criminal minds gründen würden, wäre der kurt sicher schon in einem floralen hochsicherheitstrakt weggesperrt und müsste jeden tag den achselschweiß von einem fetten knollenblätterpilz schlucken. und das wär nichts gegen die grausamkeit, mit der er selber in pflanzenwelt gewütet hat. einziger milderungsgrund: unabsichtlich. weil nicht, dass der kurt was gegen was grünes hätte, am wilhelminenberg oben schaut er gern ins grüne hinein und hinunter auch auf die stadt, wo rundherum alles grün ist. in die baumwipfel schaut er gern hinauf, weil die so schön grün sind. auch eine becherovkaflasche macht die welt magisch grün, wenn einer durchschaut. einmal hat er einen absinth gekostet, auch grün. dopplerflaschen für einen guten schankwein, prachtvoll. nur die pflanzen vom kurt, efeu, plumosus, birkenfeige, gummibaum, yuccapalme, grünlilie, bogenhanf, alle tot, langsam und qualvoll verendet, tatort: kurtwohnung. sogar ein kaktus, genügsam, unaufdringlich, pflegeleicht, dass es ärger nicht mehr geht: exitus, capuccetto, elendig verreckt wie ein angschossener desperado unter der brennenden sonne arizonas, chancenlos von vornherein beim kurt. und jetzt kommt der simmerer horst ausgerechnet mit einem philodendron daher. unangemeldet steht der vor der tür und sagt zum kurt: „kurt, du musst lernen, eine verantwortung im leben zu übernehmen. nicht nur für dich, sondern auch für andere." eine zimmerpflanze wäre einmal ein anfang, hat er gemeint. „und einen philodendron hast ewig und der wachst dir bis auf den plafond hinauf. das bringt leben in deine vier wände und beugt der melancholie vor." „welcher melancholie?", fragt der kurt. „willst mich pflanzen, kurt?", gegenfrage vom horst. also sitzt der kurt da und schaut den philodendron an, der ja gewissermaßen der peter

DURCHGANG
VERBOTEN!

alexander ist unter den zimmerpflanzen, oder die hammondorgel im orchester, wenn er ein musikinstrument wär. so was schönes hat ihm der horst überantwortet. noch ist sie nicht weg, die melancholie, aber später hoffentlich, wenn erst der abend kommt.

## *45*

was ein mikroskop ist, weiß ein jeder, der halbwegs eine bildung hat oder öfter csi im fernsehen schaut, wurschtegal ob miami, las vegas oder new york, wo die schöne griechin mitspielt. dem kurt gefällt sie so gut, diese griechin aus csi new york, vom gesicht, aber auch hauptsächlich von der frisur her. dass ihm nicht schon früher aufgefallen ist, dass die margit von überm gang haargenau die gleiche frisur wie die griechin hat, ist ihm auch ein rätsel, aber er hat sich vorgenommen, dass er darüber nachdenken wird. jedenfalls ist der kurt zum wort mikroskop ja wieder einmal über das wort mikrokosmos gekommen. der kurt mag das wort mikrokosmos, weil so viele o darin vorkommen. worte mit dem buchstaben o liebt der kurt geradezu. in der wortschatzkiste mit den wörtern mit o lassen sich aber auch echt schöne wörter finden, wenn man hineingreift und darin herumräumt. worte wie mond, ottomane, sonne, romanze, sonntag, olive, roswitha und so weiter kommen da zum vorschein. freilich, es gibt auch mord, totschlag, sorgen, ohnmacht, roswitha und so weiter, aber da muss man ja nicht hingreifen, man kann ja auch einmal vorsichtig sein. mikrokosmos aber liegt im fremdwortkopfregal vom kurt ganz vorne und wird oft verwendet. eine mikrokosmetikerin hat er auch einmal kennengelernt, der kurt. das hat zwar nicht direkt was mit mikrokosmos zu tun, aber mikro schon eine gemeinsamkeit. also sie selbst hat von sich behauptet, dass sie eine mikrokosmetikerin ist, weil sie hat auf künstliche fingernägel so bunte muster und sogar kleine gemälde draufgemalt, gar nicht schlecht eigentlich. dem kurt hat sie den nagel von ihrem zeigefinger gezeigt und gefragt: „weißt du, was das ist?" „freilich, der grazer uhrturm", hat der kurt gesagt. da war die mikrokosmetikerin nicht so begeistert, weil es war „einer der türme von atlantis", hat sie ihn korrigiert. „ah da schau her", der kurt, „ja, jetzt, wo du es sagst. man sieht halt meistens das, was man schon kennt." die mikrokosmetikerin hat ihm dann eh alles erzählt, was sie von atlantis gewusst hat, und dass sie von dort ganz viel inspiration für ihre arbeit herausschöpft. „ich bin halt immer der meinung, man darf das staunen nicht verlernen", hat sie auch noch erklärt. hat er eh nicht, der kurt, er hat nämlich ordentlich gestaunt, als er vor ein paar tagen um halb acht in der früh den simmerer horst aus der wohnung von der margit von überm gang herauskommen sieht. „ich erzähl dir alles einmal, kurt", hat der horst eher so hastig gesagt, und ist die stiegen hinuntergerannt. „passt schon, horst, alles gut", hat ihm der kurt noch nachgerufen. gedacht aber hat er: „so blöd kann's hergehen im mikrokosmos, wenn einer zu lang nachdenkt."

## 46

der kurt googelt nicht. ja schon, wenn er eine wichtige information benötigt, die öffnungszeiten von einem heurigen oder vom saturn, oder wenn er sodbrennen hat und nachschauen muss, was das heute wieder für ein krebs sein könnte. dann geht er schon hinein in den google. aber so wild herumgoogeln immer und überall den ganzen tag, das mag der kurt überhaupt nicht. weil entweder man weiß etwas oder nicht. wenn man es nicht weiß, dann muss man halt einen fragen oder sich erkundigen, dann weiß man es beim nächsten mal. aber was den kurt am meisten stört, wenn man so beieinander sitzt und es kommt zum beispiel die rede darauf, wie der bud spencer jetzt wirklich geheißen hat, dann sagt einer: „das hab ich schon einmal gewusst, lasst's mich nachdenken, ich hab's gleich wieder." und während der nachdenkt erzählt einer, dass der bud spencer einen sohn hat, der erst unlängst in pasching gewesen ist, ein anderer weiß, dass der bud spencer auch gesungen hat. dann erfährt man, dass der eine sogar ein bisserl italienisch kann von die jesolosommer von früher her noch, und der andere erzählt, dass er fast einmal eine italienische freundin gehabt hätte. das alles erfährt man und noch viel mehr. vielleicht fällt dem nachdenker ja wirklich noch ein, wie der bud spencer in echt geheißen hat, aber wenn nicht, auch nicht so tragisch, weil es eine konversation ist ganz nach dem geschmack vom kurt, wo jeder was beitragen kann. aber zum beispiel sagt einer: „der gratz, wann ist der noch einmal bügermeister von wien gewesen?" „das muss so gegen in die 70er, 80er jahre gewesen sein", sagt dann einer. und der warzenfredi fängt an zum erzählen, dass seine tante mit dem gratz in die volksschule gegangen ist. aber der ist noch gar nicht fertig, hat einer schon sein handy aus der hose herausgefischt, gegoogelt und plärrt in die runde: „leopold gratz, bürgermeister von wien 5. juli 1973 bis 10. september 1984!" was sagt man da noch? „ja, eh“, sagt einer, „genau!“, ein zweiter, und vielleicht, dass ein dritter „interessant!“ sagt. aber damit ist das thema beendet. jetzt muss man über eine neue fragestellung nachdenken. und mitten in dieses nachdenken hinein sagt der erste schon: „ich muss morgen aufstehen, ich brech auf“, der zweite sagt sicher: „bist mit dem auto da? nimmst mich mit ein stückl?“, der dritte sagt, dass er sich ein taxi nimmt, was eh besser ist in seinem zustand. und dann bleiben wieder nur die über, die eh immer über bleiben. worauf die rede hundertprozentig sicher darauf kommt, was passiert sein muss, dass die welt so geworden ist, wie sie ist. aber darauf hat der google auch keine geschwinde antwort parat.

## *47*

dass man vom vielen fernsehen viereckige augen kriegt, wie die mama immer gesagt hat, das glaubt der kurt heute nicht mehr, und dass man stirbt, wenn man einen kaugummi schluckt, weil es einem den magen verpickt, eigentlich auch nicht mehr richtig, aber vielleicht irgendwie im bereich des möglichen, dass es sein könnte, hält er nicht für unwahrscheinlich. als der kurt ein kind gewesen ist, hat er ja allen alles geglaubt. heute glaubt er den meisten nicht einmal mehr die uhrzeit. und das ist schon auch schade, findet der kurt manchmal. da freut man sich als kind aufs erwachsenwerden und dann ist das erwachsenwerden auf einmal gar nicht so groß, wie man geglaubt hat, als man klein war. der kurt ist im gasthaus müller im garten gesessen und hat einem jungen vater zugeschaut, wie der sein baby hin- und hergetragen hat. das baby hat geweint, wahrscheinlich hat es bauchzwicken gehabt. „menschenskind, menschenkind, was wird aus dir werden, wenn du groß bist?“, hat sich der kurt gedacht. „irgendwann ist das mit dem bauchzwicken vorbei und dann beginnt der ernst des lebens. werden sie dir erzählen, dass du alles werden kannst? das hoff ich für dich. mir hat die mama immer nur erzählt, was ich alles werden könnt, und der opa, was ich alles lieber nicht werden soll. da hätt sich einer auskennen sollen. wirst du ein guter mensch werden oder ein schlechter? oder wirst du einer von dem die schlechten meinen, dass er ein guter ist, und die guten, dass er ein schlechter ist? und wer werden denn die guten sein, wenn du groß bist?“, so hat sich der kurt nach und nach fast schon direkt ins hochgedankliche hineingefragt, bis die kellnerin gerade noch rechtzeitig mit seinem schnitzel und dem erdäpfelsalat dahergekommen ist. „die schnitzerl sind heute besonders gut, herr kurt, das können’s mir glauben“, sagt sie noch. „hoffentlich! würd’s eh gern glauben“, denkt sich der kurt.

## *48*

für einen mann in ottakring ist einer der gefährlichsten orte, wo er hingehen kann, das pissoir im café club international am yppenplatz. wenn dort einer nämlich das urinal an der wand gegenüber vom handwaschbecken nimmt, dann kann es leicht passieren, dass er die tür auf den rücken kriegt und zwar so fest, dass er sterne sieht und die engel singen hört, oder je nach konfession halt die, die bei ihm zuständig sind für entrückten chorgesang. gott sei dank sind die meisten gäste im c.i. stammgäste. die wissen, türaufmachgesetz fürs pissoir: erstens sanft, zweitens langsam, und drittens, nur so weit, wie es die eigene breite oder bladesse erfordert, dass einer hineinkommt. so ist die regel, dann gibt es keine verletzen. der parsa war damals noch kein stammgast. der ist mit forschem elan und voller vorfreude auf einen gepflegten stuhlgang hineingestürmt in die toilette. beim kurt ist sich das dann von seiner größe her grad so ausgegangen, dass ihn die türschnalle voll in die nieren getroffen hat. wenn einer ein physiker ist und nieren hat, kann er sich wahrscheinlich ausrechnen, wie weh das tut, mit so einer formel mit masse und geschwindigkeit. wenn einer kein physiker ist und nur nieren hat, kann er sich das aber auch so gut vorstellen, dass es höllisch wehtun muss. dem kurt ist als reaktion folgender satz ausgekommen, hier auf hochdeutsch übersetzt: „scheißdreck verfluchter, geschissener, bist du deppert geworden, du geschissenes arschkind, du geschissenes?“ das ist ein recht untypischer kurtsatz, weil normalerweise neigt der kurt nicht zu wortwiederholungen. der parsa, ein an und für sich mitfühlender charakter und zurückhaltender perser, hätte sich gerne wortreich entschuldigt. es war aber sein erster tag im deutschkurs vom club international, also hat er nur herausgebracht: „so sorry, pardon, so sorry, so sorry, pardon!“ und noch einmal: „so sorry!“ dass es ihm wirklich leid getan hat, hat der kurt ihm an seinem gesicht ablesen können, darum hat er auch nichts weiter gesagt und ihm auch keine aufgelegt im affekt, was wiederum irgendwie aufgelegt gewesen wäre, sondern ist zu seinem platz zurück, kann man sagen, wie ein storch mit bandscheibenvorfall, trotzdem mit würde. fünf minuten später ist der parsa, noch immer das schlechte gewissen in person, aus der toilette herausgekommen und hat sich noch einmal entschuldigt und dem kurt ungefragt ein bier spendiert. daraufhin hat der kurt gesagt: „passt schon. scheiß dich nicht an. alles wieder gut." und das war dann auch das erste, das sich der parsa vom ersten tag im deutschkurs gemerkt hat, nämlich „passt schon. scheiß dich nicht an. alles wieder gut." das hat er später noch oft brauchen können. so haben sich der kurt und der parsa kennengelernt vor drei jahren. seitdem hat sich der parsa noch oft zum kurt gesetzt im club international, weil der parsa ist ein ehrgeiziger bursche und wollte nicht nur die sprache, sondern auch reden lernen. den kurt hat er daher oft gefragt, wenn er was nicht verstanden hat. was ist „schleich di" zum beispiel oder was ist „du hurenbeidl". dem kurt hat der ehrgeiz vom parsa gefallen, und er hat ihm das immer erklärt und ihm auch immer dazu gesagt: „schau, wenn du mit deinem chef redest, sagst du das so, wenn du am magistrat was brauchst, sagst du so, wenn du mit einem spezi unterwegs bist, sagst du so, zu deiner freundin sagst du so oder so ähnlich..." und mit der zeit ist der parsa im deutsch- und im kurtkurs immer besser geworden. unlängst kommt er ins café club international hinein, sieht den kurt, setzt sich zu ihm dazu und sagt: „gestern, so ein trottel hat mir die tür in den rücken gehaut auf dem klo, deppertes arschloch!"

## *49*

eines kann man schon so sagen, weil es stimmt, der kurt ist kein tausendsassa. ein hundertsassa ist er auch nicht, ein zehnsassa allerdings schon. aber was auch stimmt, ist, wenn der kurt einmal was kann, dann kann er es ordentlich. zum beispiel kann er sich ordentlich täuschen, und er kann sich ordentlich kränken. nicht gleichzeitig, hintereinander, also sich zuerst ordentlich täuschen und danach sich ordentlich kränken. er kann einem auch ordentlich auf die nerven gehen. zugreifen kann er ordentlich beim essen und beim trinken ordentlich was vertragen, wenn was antialkoholfrei ist. was er noch kann, und das wissen die wenigsten, ist, sich ordentlich benehmen. ordentlich sich aufregen kann er auch, das wissen alle. ordentlich austeilen ist ihm nicht fremd, ordentlich einstecken aber auch nicht. es muss einer kein tausendsassa sein, als zehnsassa kommt man auch durchs leben.

## *50*

ist einer aus ottakring, sagt er in hernals schon: „ich bin aus ottakring". in österreich sagt er: „ich bin aus wien", in europa: „ich bin aus österreich", in amerika, asien, afrika, australien oder am nordpol oder am südpol: „ich bin aus europa", im raumschiff enterprise dann: „ich komm von der erde" und pitschiuuuuu hinaus in die unendlichen weiten, dann muss er halt schauen, wo er gerade vorbei fliegt, wenn er gefragt wird, woher er kommt. interessant wär, ob man einmal so weit weg sein kann, dass es wieder pfeifegal ist, wo einer her ist, hauptsache respekt und freundlich. der kurt ist grad beim schundheftlgeschäft in der barnabitengasse vorbei gegangen und hat in der auslage den mr. spock gesehen, das hat ihn auf solche gedanken gebracht. er persönlich wär ja immer lieber der captain kirk gewesen, weil der hat immer die schönen frauen küssen dürfen von alle planeten. so brenzlig hat es rundherum gar nicht sein können, dass der kirk nicht ein bussl abgestaubt hätte. das hat dem kurt noch besser gefallen, als das hinauf- und hinunterbeamen und faser auf betäubung. aber zugegeben hat er das natürlich nicht. hätte ihn ja jeder ausgelacht und er hätte wieder einen klingonen spielen müssen auf dem schulhof. es war so ein lauer abend. als der kurt in die mariahilferstraße einbiegt, denkt er sich: „geh ich noch ein paar schritte, ist eh gesünder als mit der der u-bahn." der kurt nämlich schon seit tagen irgendwie innerlich in veränderung, hätt nicht sagen können, was, aber schlecht auf keinen fall. und wie er so auf höhe webgasse kommt, dort, wo die mahü zum europaplatz aufmacht, schaut er hinauf in den himmel und traut seinen augen nicht: hinter dem westbahnhof ein abendrot wie zehnmal breitwand und hundertmal technicolor. da hat er stehenbleiben müssen, der kurt, weil in seiner brust tief drin auf einmal eine freude und ein ziehen gleichzeitig, wo jeder hypochonder sofort auf notruf 144 gegangen wär und hernach in die knie. der kurt aber nicht hypochonder, heute einmal nicht, aber für das ziehen keine erklärung. „was ist los mit mir?", fragt er in sich hinein, und zur antwort seine innere stimme: „das ist das fernweh, kurt."

ENDE